回　望

HUI　WANG

宋文模　著

山东友谊出版社
Shandong Friendship Publishing House

图书在版编目（CIP）数据

回望 / 宋文模著. -- 济南 : 山东友谊出版社,
2017.5

ISBN 978-7-5516-1387-3

Ⅰ. ①回… Ⅱ. ①宋… Ⅲ. ①长篇小说 - 中国 - 当代
Ⅳ. ①I247.5

中国版本图书馆CIP数据核字(2017)第099555号

主管单位：山东出版传媒股份有限公司
出版发行：山东友谊出版社
地　　址：济南市英雄山路 189 号
邮政编码：250002
电　　话：出版管理部（0531）82098756
市场营销部（0531）82098035（传真）
印　　刷：济南霏帆印务有限公司
版　　次：2017 年 6 月第 1 版
印　　次：2017 年 6 月第 1 次印刷
规　　格：170 mm × 240 mm
印　　张：12
字　　数：150 千字
定　　价：32.00 元

目 录

守　夜

窗外的梧桐树叶被秋季渐凉的晨风吹拂得“沙沙”作响，屋里的周平原摆弄着一台擦拭得一尘不染的座式收音机，心里却被喇叭里发出的“沙沙”声作弄得忐忑，调节频率钮的手也略微颤抖着。

周平原是山海省广播电台新闻部政文组组长，他已过不惑之年，过早谢顶，戴一副近视眼镜，一副学者派头。

“老吴啊，不是和你说过没事不要动我这台收音机吗？你用完倒是给我调回来啊，让我这大清早的找不到台。”周平原冲屋里高声喊道。“老吴”是他的妻子，虽然两人都不老，可这个“老吴”的称号，已经陪伴他妻子十多年了。

“谁动你的收音机了，我只是昨天擦桌子时挪动了一下，我早就说过你那个老古董该扔掉了，谁现在还用这个啊。”屋里传来“老吴”不满的回答。

“好了好了，找到台了。先，先别说话。”周平原说着话拿起早已准备好的钢笔，拧开帽，对着桌上摊开的稿纸，开始聚精会神地听收音机里发出的熟悉声音。

“各位听众早上好，今天是 1985 年 9 月 29 日，今天早间新闻的内容有……”

周平原的眉头皱耸着，鼻头时而微动，钢笔尖在纸上断断续续地划动，纸上出现了几个连不成词句的字，有些字的下面还被加了下划线。收音机上盖着的一块绸布，因声波震动轻微地颤动着，它仿佛是在老周紧绷的神经上弹弦。

时间既像是在不知不觉中溜走，又仿佛凝固般难挨，终于伴随着一句“今天的早间新闻就播报到这里”，周平原如释重负地长吁了一口气，看了看桌上的稿纸，套上了钢笔帽。

“听完啦，来，擦把脸吧。”老吴说着话递过来一块湿毛巾。

“嗯，听完啦，今天应该是没什么问题。”周平原缓了缓神，接过毛巾擦了擦鼻尖上的汗。

老吴又道：“都什么天气了还出汗，不知道的还以为出什么事了呢。你这个组长当的，比个台长都累。”

周平原自豪地说道：“台长怎么了？台长这个点也在收听早间新闻。”

见老吴不说话，周平原撂下毛巾继续道：“你是不知道厉害，你忘了老组长是怎么下台的了？现在这还多少好一点了。那一年，这早间新闻还没播完，电话就到了台长家里，宣传部长打来的！开口就批，你们电台的报道怎么搞的，出这么大的错误，你这个台长还想不想干了，马上到省委说明情况！”

周平原惟妙惟肖的声音把老吴逗笑了：“就好像是你接的那通电话似的。”

周平原笑了笑：“电话不是我接的，可这是实事。结果老组长受处分了吧，我这个组长能当到现在，没别的啊，就是俩字——小心。”顿了顿，“所以说啊，早上什么都可以不干，这新闻却是不可以不听啊。”

看到丈夫认真的样子，老吴揶揄道：“你听有什么用，现在听出问题还能改呀？我看你这是叫花子守夜——多余。”

周平原第一次听到老吴以这种口气跟自己说话，而且说的还不无道理，心中不免一惊，咦！一个汽车配件厂的工人怎么能说出这样的话，这个道理我以前怎么就没想到呢？

想归想，但不能在老婆面前丢份儿，所以仍嘴硬道："净瞎说，你懂什么，我和你是秀才遇见兵，有理说不清。"说完提起包上班去了。

恨 铁

在周平原收听早新闻的时候，他的副手副组长林之鹰正在床上躺着，她刚被丈夫做饭时弄出的声响吵醒。

俗话说名如其人，这话一点不假。林之鹰，四十岁，长着一双鹰隼般有神的眼睛，生得又高又瘦，处处透着女强人的精明干练。她的厉害在台里是出了名的，很少有人敢惹她，在家里的权威更是不容置疑。丈夫叫柳富林，是市农展馆馆长。别看柳馆长平日在馆里指挥若定，见了老婆大人连大气都不敢喘。

林之鹰有个偏头痛的毛病，昨晚发作时吃药压下后睡着了，可早晨醒来仍隐隐作痛。她吩咐丈夫给周平原打电话请假后盖上毯子继续躺下，过了很久才迷迷糊糊地睡着。

突然，林之鹰被一阵剧烈的敲门声惊醒，她本来以为是在做梦，可醒来一看表已经中午十二点半了，外面的确是一阵紧似一阵不同寻常的敲门声。林之鹰急忙穿上衣服来到门前，心想是谁有什么急事能这样敲门呢。当从门镜中看到是丈夫单位的司机小付时，她连忙将门打开。小付进屋后一边大口喘气，一边道出事情的原委。

原来，上午十一点多钟的时候，柳富林馆长与陈一恒副馆长因工作上的事情吵了起来，不知心情不好还是怎的，柳馆长脾气非常糟，不大的事竟把杯子摔在地上。当他要摔第二只水杯时，陈副馆长上来抢夺，玻璃杯在争夺中碎掉一块，陈副馆长的手被割破一个口子，鲜血直流。本来事情到此就结束了，也不是什么大伤，柳馆长不是故意的，陈副馆长也不想把事情闹大。可不知谁的嘴快，跑到农展馆后面的宿舍院里把这事告诉了陈副馆长的妻子董小丽。她正好歇班在家，得知消息后一路小跑来到馆长办公室。她先用手绢给老公包扎好伤口，然后质问柳馆长为什么要用玻璃伤人，制造血案。

可能因为平日老婆大人管教过严，柳馆长突见女性质问立马软了下来．说话也开始结巴起来，嗫嚅道："不是我……伤的……是他自己……抢杯子不……小心弄伤的……"

"是他自己伤的吗？自己伤的能这么严重吗？有你这样欺负人的吗？"见柳馆长回答不上来，董小丽又道："这样吧，你把事情经过写出来。"

听完董小丽的话，柳馆长竟真的拿出稿纸，趴在桌上认真地写了起来，写好后双手交给了董小丽。陈副馆长心中暗暗叫苦，担心事情越闹越大，心想：老婆呀别闹了，你叫我以后怎么和柳馆长相处呀。但事已至此，他也不知怎样处理才好。

董小丽煞有介事地拿起稿子仔细阅读，虽已到下班时间但仍没发话让柳馆长回家，小付这才跑来向林之鹰报告情况。

林之鹰听清事情原委后立刻火冒三丈，头也不痛了，精气神也上来了。二话没说，坐着小付的大头车很快到了柳馆长办公室。

办公室内，陈副馆长在玩弄着伤口上的手绢，丈夫像犯错误的小学生一样站在那里，董小丽好像在问着什么。

林之鹰进屋后径直来到董小丽面前，脚下的皮鞋跟踏在水磨石地板上咔咔作响。

董小丽娇小玲珑，在林之鹰面前，不管从身高还是气势上立刻矮了半截，刚才还逻辑清晰地质问柳馆长，见了林之鹰竟不知道该说什么。最后大着胆子指着柳馆长说了一句：“他把我丈夫的手割伤了。”

“你怎么知道是他割伤的，你看见了吗？”林之鹰厉声问道。

董小丽忙从兜里掏出柳馆长写的材料递上道：“这是他写的事情经过。”

林之鹰接过材料看都没看，噌噌几下就把那张纸撕得粉碎后扔向纸篓，边扔边问：“你凭什么让他写东西？你是他领导吗？你是党委吗？你是农委主任吗？你能做出问题的处理决定吗？”见一连串的问题董小丽回答不上来，接着道：“听说你还不让吃饭还不让上厕所，你说他犯的是什么罪？就是杀了人也不能不让吃饭不让上厕所呀？我看你比秦始皇还厉害。”

林之鹰的质问一句连着一句，吐字清晰，含义明确，掷地有声，声震屋梁。她也不等董小丽解释，转身用恨铁不成钢的眼神瞪了丈夫一眼道：“你看你枉长了这么高的大个子，窝囊死了。她让你写你就写呀，真气死我了。”

林之鹰说完后阔步向门外走去。柳馆长一边嘟囔着什么，一边快步追向妻子。

谈 话

周平原刚进办公室，林之鹰便随脚跟了进来，她送了个文件后转身就要离去。就在这时推门进来一个身材高挑、英气逼人的年轻人，他右手拎了两只暖水瓶，左手拿着几张稿纸。年轻人名叫萧锋，是山海师范学院中文系应届毕业生，夏天才刚毕业分配到政文组当记者。他礼貌地向两位领导问好后，又面向周平原道："周组长，您昨天让我抄的稿子我都抄完了。"说着将手中的稿子递了过去。

"哦，先不忙，"周平原笑着问道："小萧啊，你来咱们组多长时间了？"

"啊，两个月了吧。"

"今天省电台要一篇小稿，我想就让你来写吧。"

"啊……"年轻人先是一惊，脸上立刻露出亢奋的喜悦，说道："我写？好，好的，就怕写不好。谢谢组长。"

年轻人刚接受了任务，林之鹰走过来疑惑地问周平原："他才刚来两个月，能写好吗？"

"让他试试吧，到时候你给他把把关。"周平原笑着说道。

"嗯，"林之鹰应了一声，"小萧啊，你可要好好写啊。"又叹了口气，"大学生就是不一样啊，像我刚进来的时候，过了一年多才捞到写稿子。你们算是赶上好时候了。"林之鹰意味深长地瞟了年轻人一眼。年轻人心里乐开了花，也没去体会林之鹰眼神里包含的意思。

物以类聚，人以群分。不知为什么，周平原从心底里喜欢这个英俊的小伙子，看哪都顺眼。对萧锋的到来，周平原显得异常兴奋，这是他不知道跑了多少趟人事处才抢来的师范学院高才生。

记得萧锋报到那天，周平原中午喝了点酒，整个人都变了，口若悬河，滔滔不绝，像个话痨似的给萧锋谈了一个多小时的话。他从电台是党的喉舌、责任大如天讲到年轻人要谦虚谨慎、要有所作为……谈了很多很多，甚至还把自己十几年的工作经验毫无保留地讲给了萧锋。

周平原拿湿毛巾擦了一把被酒精烧红了的脸，看了看正拿暖瓶倒水的萧锋道："你坐下，我有个烧饼理论讲给你听，烧饼理论就是人的一生不能犯大的错误。一般的错误可以犯，但大错误一定不能犯。有人把犯错误比喻成摔倒，所以一般的能爬起来的摔倒不能叫大错误，受到重创、留有后遗症的摔倒才叫大错误。犯了大错误就像烧饼糊了一样，即使用铲子把它翻过来仍然是个糊烧饼，永远不会变成一个正常的烧饼。"

周平原见萧锋理解了他讲此话的深层含义后，继续道："我给你讲的第二个观点就是年轻人要学会独立思考，不能人云亦云，不能没脑子，就是领导说的话也不能盲从，也不能不加辨别地听。"他见萧锋用诧异的目光看着自己，慢慢解释道："这句话不是我说的，是我参加工作时我的领导在谈话时给我讲的，我也要讲给你。"

周平原呷了一口茶，讲了一个萧锋认为是一生中听到的最有意思也最有意义的故事："解放初期，我的领导在咱们省北部一个落后地区的县政府干通讯员，那时他还不到二十岁。有一次跟主任到省城开会，由于是第一次到大城市，看什么都新奇。他第一次知道厕所是可以建在屋内的，第一次见到带隔断间的蹲式抽水马桶。当他向主任询问蹲式马桶怎么使用时，主任不懂装懂，从马桶里面的前面有个洞说起，告诉他小便时脸朝前，大便时脸朝后，这样可以做到便便入洞。"

见萧锋笑得浑身乱颤，周平原便停了下来，等萧锋笑过后继续道："我的这位领导后来调到省城工作，进城后他真的按老主任的说法上厕所。结果有一次他面向墙壁拉屎时，忘记关门，被同事发现并传了出去。这事很长一段时间被人们当作笑话传。好事者还给他起了个外号叫面壁先生。"

萧锋这时已经不笑了，他没想到这位直接领导能给一个刚毕业的大学生说出这样的话来。萧锋知道，虽然他喝酒了，但内心是清醒的，酒后吐真言。他不喝酒不可能说出这番话，真是字字珠玑、语重心长。萧锋凭这些话认定周平原是一位待人真诚的领导，是可以信赖的领导，跟着这样的领导干肯定错不了。

上　纲

接到周平原组长布置写新闻稿的任务后，萧锋异常兴奋，心里像喝了酒一样阵阵发热。因为在之前两个多月的时间里，他几乎是无事可做，每天的例行公事是擦桌扫地，打水拿报纸，甚至连帮有写稿资格的记者抄抄稿子都要看他们的心情。萧锋常因此焦躁不安，但也无计可施。可他又是一个骨子里闲不下来的人，整天的无所事事让他感觉骨头都松软了。每当有采访编稿任务的时候，他总是希望能点到自己。当机会真的来时，萧锋反而有些不知所措了。一个小稿件让他一晚上都没睡好觉。直到把稿子写好交给林之鹰的时候，他仍然感觉自己有点云里雾里似的。

第二天一早，萧锋又激动又紧张地打开收音机听早间新闻。自己昨天编写的小稿被采用了，只是个别词句略有改动。他心情好极了，走在路上感觉天更高更蓝了，空气中弥漫着一种甜甜的味道。他照例是第一个到办公室的，轻车熟路地洒水擦地。

远处传来林之鹰咔咔的皮鞋声，她一上班就阴沉着脸，喊萧锋来到自己的办公桌前，办公室的同事不知为什么仿佛事前统一过行动一样，都躲了出去。萧锋心里没了底，却思索不出个所以然。

“萧锋同志，这个，昨天你写的稿子，出了问题，台里边已经开始审查了，具体的处罚措施，过几天就会下来。我先告诉你一下，让你心里也有点数。”林之鹰说着瞟了萧锋一眼，看得萧锋心里直发毛。

林之鹰的话让萧锋丈二和尚摸不着头脑。萧锋脸上现出疑惑惊恐的神情。

“这个，是你昨天写的稿子吧。”林之鹰把几张稿纸放在桌上推了过来。

萧锋感觉到了事情的严重性，稿子是昨天自己写的那篇不假，可却是复印版，复印可是要新闻部主任签字的。他拿起稿子一个字一个字仔细地查阅，发现自己把国家最高领导人的名字当中的一个字写错了，写成了同音异字。他又反反复复检查了好几遍，确定只有这一个错误，抬起头来问林之鹰道：“我把国家领导人的名字写错了一个字。萧锋停了一下：“可稿子不是给电台的吗？读出来是一样的啊。”心里想，你顺手改过来不就行了，用得着这样兴师动众吗？

林之鹰的脸色变得更加难看了。她加重语气道：“看来你是没有意识到问题的严重性啊。你竟然把国家最高领导人的名字改了，是何居心啊！你胆子倒是不小，这要是在“文化大革命”时期，非把你打成反革命不可！”林之鹰说这话时想狠狠地拍桌子，可能有所顾忌，便用手指轻轻地敲了几下桌子。继而说道："你这个属于政治错误，台里这两天就要开会研究。不过，写检查是免不了的。"

但只是这样也把萧锋吓了一大跳，本认为这不是什么大事，现在却被上纲上线到了如此地步。他脸憋得通红，一半是生气，一半是紧张。

见萧锋这副模样，林之鹰仿佛达到了目的似的，紧紧盯着他，语气缓和了一点，说道："你好好去想想吧。"顿了顿，"我想你已经认识到问题的严重性了，但是呢，也不用有太大的心理负担。错误既然已经犯了，该怎么办就怎么办吧。你们啊，现在是赶上好时候了，要是在过去……"林之鹰鼻子里喷出一股冷气，挥挥手让萧锋回到自己的办公座位上去。

萧锋想了很久才缓过神来，一整天都浑浑噩噩的。下班的时候，在自行车棚里遇到了周平原。萧锋心里满是感激与羞愧。他推着自己的永久牌自行车和周平原并肩向院外走，鼓起勇气向周平原说道："周组长对不起，我让您失望了。"声音小得像蚊子一样。

"唉，年轻人犯点错误是难免的。你这次吧——以后注意点、仔细点就好了。其实，主要是林组长审的你的稿子，你是知道她的，不压事，我知道时她已向台长汇报了，我想挽回也来不及了。当时我——我审稿就好了。"周平原的语气中仿佛带有很大的歉意，说话也不怎么流利，而萧锋听着却格外顺耳。"她就是这么个人，你也别觉得她是有意针对你。不过这也是个教训，不全是坏事，你也别太放心上，不是'糊烧饼'。"说完深情地看了萧锋一眼，这里面的含义只有萧锋自己知道。

出了机关大院，萧锋看着周平原骑上自行车直到拐了弯，自己才推着车子慢慢地往家走。

对萧锋的处理决定很快就下来了，由于他没有行政职务，台里没做处理，可能考虑到年轻记者初次犯错误，又没造成不良影响，所以要求新闻部在内部会议上对萧锋进行通报批评，上交检查，扣发奖金。新闻部是处级单位，这样做影响会相对小一些。自己写的第一篇稿子换回来这样的结果，萧锋心里仿佛被几十只老鼠的爪子抓挠，抓挠后却又感觉空落落的。他从大学出来的时候，信心满满，一腔热血，现在的情绪却是一落千丈。

当萧锋垂头丧气地回到家里时，父亲和母亲正在客厅的军布沙发上等着他。父亲面带怒容，开口就批："小锋，你这次很不应该，怎么可以犯这么低级的错误。"

父亲是军区离休干部，原来他在厅里的战友已将萧锋受处分的事情告诉了他。父亲平常脾气很好，只是对政治问题非常敏感，这可能是他们那个年代人们的固有特征。

往常对于父亲的批评，萧锋会反驳一两句，可是今天他知道完全是自己的错，就坐着没有说话。

"好了，好了，你看锋儿也知道自己错了，这也不是什么大错，就别再说他了。锋儿啊，你以后写稿子的时候多加小心，好不好？来，来，吃饭吧，饭都快凉了。"母亲在一旁劝道。

"你这么多年来老是护着他，今天他犯这么大的错误你也要负责任，也要反思！"父亲咬了一下牙筋肉，继续说道："怎么叫不是大错？我跟你讲，这个问题可大可小！你也是那个年代过来的，这是什么性质的错误你不清楚吗？要是被别有用心的人当辫子抓着，他可能一辈子都翻不了身！"

父亲一句句带着浓郁家乡口音的训斥像钉子般楔进萧锋的心里，脑浆子似乎也在跟着翻腾。他低着头一句话也没说，心中更加郁闷，更加羞愧难当。

这时他只有一个想法，就是不能再让父母为自己操心了。

宣 泄

心里的苦闷没地方释放，憋得萧锋胸口像有只被禁锢在笼中的野麻雀。他想到了舒华，他知道，此时只有舒华能给他带来一丝温暖。

舒华是萧锋的恋爱对象，两个人确立恋爱关系的时间已经快一年了。舒华是某军区所属空军招待所接待班班长，与自己同岁。她皮肤白皙，身材很好，就是穿着军装也挡不住她那优美的曲线。但她活泼开朗的性格是最吸引萧锋的地方。她好像从没遇到过愁事，生活在她的眼里永远是那么美好。

周日上午十点多，萧锋约舒华出来。舒华还是一身军服、齐耳短发的打扮。看到舒华灿烂的笑容，萧锋心里的愁闷散去了一半。

“怎么啦，看你像是有心事的样子。”舒华忽闪着一双楚楚动人的大眼睛看着萧锋问道。

“没什么，你陪我压压马路吧。”萧锋低声道。

“好呀。”伴随着开心的一笑。

两个人边走边谈，萧锋把自己受处分的事讲给舒华听，本以为她会看得很重，可没想到她大大咧咧根本没当回事，还板起面孔装成领导的样子，一本正经地对萧锋道：“你知道吗，这就叫磨炼，百炼成钢呀！我看这一切呀，啊，一是因为你粗心大意；二哪，都是那个林副组长在挑事儿，以后多注意点她就是了。你看我分析的怎么样啊？”舒华说完后哈哈大笑起来。

看着舒华没心没肺的样子，萧锋也跟着开心地笑了起来，他已经好长时间没有这么开心地笑了。

谈完萧锋受处分的事，俩人便胡扯起来。从理想谈到现实，从地方谈到部队，话题特别多，不知不觉几个小时过去了，舒华对萧锋说道："买点东西吃吧，我饿了。"

萧锋一愣，这才发现快下午两点了，自己也饿了，继而一笑对舒华道："哪有女孩子好意思先说自己饿了的？"

"饿了就是饿了嘛，有什么不好意思的。"舒华这样说着也有点脸红。

萧锋买了两份小吃和饮料，带着舒华来到台里他们组在五楼的一间仓库。这间屋很小，平时堆放组里的一些杂乱物品，钥匙由萧锋管理，正好成了萧锋和舒华谈恋爱的秘密约会地点。窗户面西，下面正对着一个用红砖垒成的大水泥垃圾池子。

两个人吃吃喝喝，谈谈笑笑，直到傍晚才结束这顿像马拉松长跑似的晚饭。

萧锋来到窗前，看到不知是谁在楼下垃圾池子中，倒扣了一口破损的大缸。这时他突发奇想，看了一眼桌上平时积攒下来的几个玻璃罐头瓶和饮料瓶，顺手拿起一个，奋力向破缸砸去。萧锋在大学参加运动会时扔手榴弹是他的长项，所以扔得特准，但见玻璃罐头瓶砸在倒扣的破水缸上碎片四溅，响声清脆，很是过瘾。他一个连一个地把瓶子狠狠地向破缸砸去，仿佛是把"错字事件"带来的所有不快都装进瓶子里全力扔出去，以让几天的烦恼化为乌有。不一会，桌上就只剩下一个罐头瓶了。萧锋这时兴奋得脸都红了，回过头对舒华说："你扔不扔啊，再不扔可没得扔啦。"

"这样，这样不太好吧？"舒华心里也有点痒痒，可还是犹豫地说。

舒华被萧锋说得心动了，扭捏地走过去，毕竟一个大姑娘家的没这么干过。窗户太高，舒华够不到，萧锋就搬了一把椅子放在窗户边上，让她站在椅子上。舒华奋力把罐头瓶向外一丢，便听到楼下玻璃落地破碎的声音。这声音把她自己也吓了一跳，让她差点从椅子上摔下来。萧锋忙扶着她，鼓励道："你扔得不错，下次多攒些空瓶咱们再来扔。"

"真过瘾。"舒华在椅子上说着，一低头发现萧锋正笑眼蒙眬地看着自己，不禁羞红了脸。

萧锋伸出手，扶着舒华向下跳，在舒华的脚刚沾到地的那一刻，也不知是她的脚下滑了，还是萧锋胳膊上用了力，舒华直接扑到了萧锋的怀里。

两个人都没有动，也都没有说话。舒华感觉到萧锋揽着自己的胳膊越来越用力，眼光越来越火辣，她身体触电般地颤抖着，脸上绯红一片，萧锋的嘴唇试探性地向舒华唇边靠拢，舒华没有躲闪，她慢慢地闭上了眼睛。

过了好一阵，舒华红着脸问道："你会这样一直对我好吗？"

萧锋说："我萧锋，这一辈子都会对舒华好。"

舒华娇嗔道："我才不信男人这时候的话，过一会就忘到九霄云外去了。"

"不信？那你等着。"萧锋一下把舒华推开，两步就跑到门口，一推门跑了出去。

"哎，你……"不等舒华反应过来，萧锋已经不见踪影了。

大约过了七八分钟，萧锋回来了，他手里拿着一个录音机。一进门就气喘吁吁地对舒华说："来，我就把我刚才说的话录下来。"

"啊——录音机……"

"嘘——"萧锋做了个噤声的动作，把录音机放在嘴前，按下录音键，正正经经地说道："我萧锋，今天发誓，这一辈子都会对舒——华——好，我萧锋，这一辈子，非舒——华——不娶！”

看着萧锋像个孩子一样把录音机举过头顶，表情既幼稚又严肃，她笑了，眼中却闪着泪光。

排 长

虽然没有人在萧锋的面前说三道四，可是流言就像是空气一般无处不在。

“还大学生呢，什么天之骄子，这种错误都会犯……”

“听说他是托关系走后门进来的……”

“刚来就犯了这么大的错误，以后还不知会闹出什么样的事情！”

他能想象到别人私下里看自己的目光。

事后萧锋却多少有些暗自庆幸，这篇稿子幸亏是写给电台的，如果是在报纸上刊登出来，可就不是通报批评那么简单了。然而也就是因为这个“事故”，萧锋可以做的事情就更少了，正好周平原出差不在家，林之鹰主持工作，所以连抄稿子的活她都会尽量交给其他同事来做，萧锋成了一个专职扫地打水的“勤务记者”。也正因为这样，他反而有了更多的时间来阅读报纸和收听电台新闻。渐渐地，他发现了时政新闻的门道——人名。

无论是报纸、电台，还是电视，时政新闻最重要的地方就是人名——领导的姓名。在报道中谁排前，谁排后，谁是主人，谁是客人，什么会什么排法，什么人有资格上稿，什么人可以略过等等，学问很大。人名排列上千万不能出现差错。一旦出现失误，轻者会引起议论纷纷，重者可能会产生难以预料的后果。

就拿上个月的拥军慰问大会来说，因为与会人员太多，省报报社在刊登新闻时删去了几个人的名字，这一删可不得了。被删去名字的几个人大动肝火，一个电话打过去，让那位记者和稿件把关领导灰头土脸了好一阵子。

看明白了这些事情，萧锋真倒像是因祸得福了一样。他用上班无事可做的时间，把省委、省人大、省政府、省政协、总工会、妇联及大军区所有领导的姓名、职务、排位顺序背了个滚瓜烂熟。没过多久，萧锋的这一手本事就在厅里厅外传开了。即使是常写时政稿的记者，有时拿不准也来向他请教。萧锋总是不厌其烦，认真排序，从未出现差错。时间一长，大家给萧锋起了个绰号——大排长。不知道内情的人，以为他是军人出身还当过排长呢。

即是如此，萧锋仍然没有多少采访编稿的机会，但是他更加谨慎和小心，没有再犯过类似的错误。

采　访

来年夏天，在经历了几天好似蒸笼般闷热的酷暑天之后，暴雨倾盆而下，将这些天聒噪不安的知了声淹得听不到了。政文组的值班热线忙碌得几乎没有一刻闲暇，当林之鹰得到玉屏小学两间教室坍塌砸伤学生的消息后，破天荒地把这一采访任务交给了萧锋。

萧锋看着别的同事忙得热火朝天，自己早就憋得坐不住了，接受采访任务后也没多想，兴奋地挎上背包就往门外走，到楼下骑上车子直奔玉屏小学。来到学校门口的时候，那里已经被围观群众围了个里三层外三层，他们大多神色焦急，也有的面无表情，可能在看热闹。

萧锋挤进人群，发现校门已经被封锁了，一个五大三粗的中年男子领着一帮人正在维持秩序。萧锋上前开口道："你好，我是……"

那个中年人不等萧锋把话说完，直眉毛瞪眼睛地厉声吼道："谁让你过来的，回去！"

萧锋被吼得心里有些发毛，但嘴上不甘示弱，拿出记者证并高声道："有学生家长给省广播电台打电话，说你们学校把人家孩子砸伤了！这是不是真的？我是来调查采访的。"

中年人一见记者证，眼神有些涣散，说话也语无伦次了："哦，哦，是记者同志，你好，我是这个学校的校长，有话请进来说。"说着话把萧锋引进了校门，吩咐其他人继续在外把守。校长带着萧锋来到事故现场，语气很是客气："我们已经及时抢救了，孩子们目前看没什么危险。记者同志你看，我校的这些房子也太破旧了，又没有什么经费维修啊，更没钱建新教室，只能让孩子们先凑合着上课了。"

萧锋跟着校长边走边看，见学生教室破旧不堪，主梁和柱子都是用没经过加工的木头做的，树皮也没刮，露在外面很是显眼，一看就有些年头了；墙体斑驳残破，有些裸露的地方还是芦苇掺杂着石灰抹起来的；房顶上用的是灰色小瓦片，茶几大的一个地方被暴雨冲得像是开了天窗，地上还散落着泥土和碎瓦砾。教职工们正在清扫瓦砾、向外抬课桌和椅子，个个神色凝重。

校长在萧锋身边道："记者同志，事故发生之后，我们立刻就联系了医院，叫救护车来抢救孩子。"顿了一顿，"明天如果天晴了，我们决定把老师的办公室腾出来，让孩子们进去上课。你也看到了，我们正在积极地做善后工作。”

萧锋心里感觉一篇稿子已经基本成型了，和校长应付了几句就转身往外走。可一回头突然发现在校门里面靠南墙的位置有一排崭新的平房，这排新房和破旧的教室形成了巨大的视觉反差。萧锋想回身问问校长，见校长一直跟着自己寸步不离，脸上带着讨好又紧张的表情，便知道他不会给自己说实话，所以没再开口，继续向外面走去。

和校长分手后，萧锋来到了学校门口，他找到一个围观的老大妈问道：“您知道那排新平房是干什么用的吗？”

“怎么不知道！那些新房是学校用来出租挣钱的，你说说，为了挣钱，他们根本不管孩子们的死活啊！”老大妈愤愤不平地说道。

“对啊，新房子用来出租，破房子用来当教室，我们当家长的天天担心……”旁边看似学生家长的人附和道。

萧锋又找了几个人打听，围观者七嘴八舌，有知内情的说出了新房的来龙去脉。原来学校的上级区教委，今年已经给学校下拨了校舍的修缮专项经费。可是玉屏小学并没有去维修老旧校舍，而是用这笔钱新盖了六间平房，这些平房专门用来出租挣钱，挣的钱给教职工发放奖金和福利。

萧锋心中有了数，跨上自行车马不停蹄地到了区教委。一个戴着眼镜的负责人告诉萧锋说，每年都有改造危险校舍的专项款，今年的已经在年初就按时下拨了。但是这笔款项最终怎样使用还是由学校自主决定。

危房坍塌、崭新平房的画面和那位校长前倨后恭的态度在萧锋脑中挥之不去。他骑上车子风风火火地往回赶，到达办公室正是午休时间，萧锋也顾不上吃中饭，一刻也没停地起草了一篇措辞犀利的批评报道，揭露学校的错误做法，希望引起社会对孩子人身安全的关注。

成稿后萧锋反复检查了三遍，才把稿子交给林之鹰。这时午饭的时间已经过了。林之鹰接过稿子仔细地看了一遍，脸上露出一丝笑容，对萧锋说："小萧你这篇稿子写得不错——怎么没署名呀，我帮你加上吧。"说着便提笔在稿件的前面加上了"本台记者萧锋报道"。

萧锋感觉自己的满腔热血得到了理解，感激地看着林之鹰。之后的一个下午，他满脑子里都是这份报道会引起怎样的社会反响、会起到怎样的积极效果，学校方面是如何改进工作、确保师生安全的。这使他忘却了忙碌一天又没吃午饭的饥饿和疲乏。

第二天一上班，萧锋与以往一样早早地来到办公室，他双手提起四个暖瓶去楼下打水。在锅炉房的时候，许多熟悉的记者编辑对他昨天写的批评报道交口称赞。萧锋脸上有些羞红，心里却是喜滋滋的。

当他拎着四壶满满的开水刚到楼梯拐角时，就被刚刚出差回来的周平原拦住了。他连揽带推地把萧锋拉进了开水间旁边的拐角屋，并慌慌张张地关上了门。

也没等萧锋问话，周平原低声说："你先赶紧躲一会吧。"

萧锋问道："怎么啦？"

周平原道："你昨天报道的那家学校的校长找你来了，五大三粗的，身后还跟了两个体育老师和一个锅炉工，说要找你算账啊——说你报道不实，让全校的教职工没了这个季度的奖金，看样子非揍你一顿不可。"

萧锋一时有些慌神，问道："那，那我躲在这里行吗？"

周平原说："应该没问题，我让林之鹰先稳住他们，你先别出来，我马上回去看一看。”

萧锋嗫嚅道：“哦，哦，好，我先不出去。”萧锋一时紧张得连道谢都忘记了。周平原出去后，他急忙把门锁上。呆呆地站了好久才感觉到两只胳膊酸涩，低头一看，发现四个暖瓶还拎在手里。

周平原回到办公室一看，林之鹰已不在办公室，顾雁说她有急事刚出去了，记者夏东明正在与学校来的人争执着什么。

周平原忙把校长叫进自己办公室，同时让顾雁拿烟倒茶照顾好跟校长来的几个人。

见校长坐下后，周平原道：“校长真不好意思。我们的萧记者年轻，刚参加工作，写的报道虽是事实，但有些话说得太尖锐，等回来我说说他。”

“说说他能行吗？”校长口气急躁：“昨天说得好好的，怎么一写出来就变成这样了？这么写会让全校教职工拿不到一分钱奖金，他负的了这个责吗？年轻刚参加工作也不能胡写啊，这造成的影响多么恶劣你比我们更清楚。”

周平原心想，影响职工奖金是你们自己造成的，如果房子倒了压死人那就不单单是奖金的问题了。心里这样想着嘴里却说：“这样吧，你们是不是就这事抓紧进行整改，等有了效果之后，我派一名新记者去贵校再做一次采访，写一些正面的内容，把这个影响扭过来，你看好不好？”

“哪有你说的这么简单？再写一篇报道我们就能拿到被扣的奖金吗？再去一个记者，万一他又这么胡来怎么办？”

“不会的，不会的，我一定让他……”

周平原用了一个多小时的时间，费了九牛二虎之力才勉强平息了校长和他带来的教职工的怒火，成功将他们劝走了。萧锋心惊胆战的，一直等到他们离开才从拐角屋回到办公室。

见萧锋提着暖瓶回来，周平原亲切地拍了拍他的肩膀，语重心长地说道："本来嘛，揭露社会问题是我们记者的责任，舆论监督本来就是新闻的作用，这你是知道的。可是这话说说简单，真要是做起来——这批评报道哪有这么好写啊？在你来台之前，有记者也写过几篇批评报道，唉，都搞怕了。之前有人写过一篇稿件，批评中心宾馆卫生条件差，结果从此中心宾馆就一律不再接待省电台的活动了；还有人写过一篇稿件，批评过职工医院对病人服务态度不好，结果电台的人去职工医院看病，人家冷风热嘲给颜色看。都说我们记者是'无冕之王'，我看哪，呵呵，简直是受制于人。"周平原脸上的怒色一闪而过，又带着赞许的笑容对萧锋说："不过啊，确实很久没听到过像你写的这样有力度的好文章了，听着就带劲啊。"

萧锋一脸的苦笑，没有说话。周平原又道："你不用担心了，我想这事已经过去了，如果他们再来，我去应付就好了。"

萧锋又苦笑了一下，苦笑中带着感激。

下午下班时，姚台长在楼下遇到周平原，把他叫住道："老周呀，那个萧锋批评玉屏小学危房的报道写得不错，揭露了社会问题，讲得很尖锐，很长时间没有听到这样的好新闻了。"

听了台长的表扬，周平原很开心，心想自己挑的萧锋没有看走眼。他美滋滋地对台长说："文章写得不错，社会反映也好，但这事报道后，出现了后遗症。他们的校长在我办公室坐了一个多小时，话说得非常难听，走时还说这事没完。台长，写批评报道真难啊！"

姚台长语气坚定地说道："难也要写，舆论不监督怎么行啊！你跟那个校长说，现在不报道，将来出大事就晚了。萧锋这个年轻人写的东西角度把握得好，表达了学生家长的心声，也引起了政府的高度重视，听说教委已派人实地督促整改了。我看你们可以开个会议，给记者编辑们讲一讲，不能光写会议报道，要多写写老百姓关心的事。”

周平原答应着，快步走进了自行车棚。

舷 梯

20 世纪 70 年代末期，越南当局不断排华反华，在云南、广西边境一带驱赶华侨、烧毁民房、杀死边民、侵我边境。在忍无可忍的情况下，我国对越南进行了一场自卫反击战。在实现以教训为目的速战后便迅速撤军。大战虽然结束，但解放军在云南省老山地区仍进行着长达数年之久的对越防御作战，局部战争仍很残酷。

1986 年春节前夕，省委专门组织成立了大学生艺术慰问团，由省委副书记苏淮带队，赴云南老山前线慰问守边战士。省电台有一个随同上前线的记者名额。萧锋知道，自己刚参加工作不到一年，资历浅，业绩少，这种事不可能轮到自己，但仍十分向往、心动不已。

台里决定把这一光荣而艰巨的任务交给新闻部政文组骨干记者程望。萧锋知道后既高兴又羡慕。萧锋非常佩服程望，在他眼里，程望不管从人品上看还是从长相上看，都是标准的男子汉，因工作太累、吃饭没个准点，程望特别瘦，皮肤缺少光泽，看上去不像三十岁刚出头的年轻人。他为人正直，行事低调，平日话很少，在工作中对萧锋给予了很多照顾，从不因萧锋资历浅而瞧不起他，有时还带萧锋外出采访并教他写稿子，两人很谈得来，属于交心交肺的那种。

领到这个重要任务后，程望做了充分的采访准备，爬山装备、止血带、防蚊虫药品等，一一准备妥当。可能是太过激动的原因吧，出征前的几天里，他一直吃不下饭，一活动就没劲儿，而且气喘吁吁、出大汗，体力急速下降。

临行那天一大早，萧锋和周平原跟姚台长到机场为程望送行，萧锋来的任务主要是帮着搬箱子。舷梯旁，在飞机发动机发出的巨大轰鸣声中，前来送行的省领导正与大家一一握手，随后慰问团成员们一一排队登机。这时只见已经走在舷梯中间的程望，突然"哇"的一声呕吐起来。他面色蜡黄，表情痛苦，无力地趴在舷梯扶手上，大口大口地喘着粗气，并用双臂支撑着身体，努力使自己不倒下去。

"怎么回事？怎么回事？程记者，你这是怎么了？"跟在程望后面的一名慰问团成员，一边扶着程望，一边急促地问。

事情发生得太突然了，大家都很惊讶，赶忙把他从飞机舷梯上扶下来，抬进了送行的面包车里。姚台长、周平原和萧锋脸贴在车窗上向车里看，心中焦急万分。只见面包车里，随团大夫对程望询问着什么，程望时而点头时而摇头，身体好像在慢慢恢复。一会儿，随团大夫走下车，不知与省委方秘书长、宣传部邵副部长交谈着什么。

这时，程望艰难地从车上走下来，坚持不让别人搀扶，倔强地向飞机走去。但不难看出行走中的他，表情痛苦，并在努力控制着自己身体的平衡。

方秘书长和邵副部长走过来拦住了程望。方秘书长对程望说："看看你的脸色，身体肯定吃不消，这次采访任务很重，条件很艰苦，你不能去了，回去查查身体，好好养养，将来有机会再去。"方秘书长转身对姚台长说道："老姚，省委苏书记因会议提前到了昆明，这样我和邵部长商量了一下，程记者这种状况不能随团了，你们回去马上更换人选，确保完成报道任务，明天军区还有飞机去昆明。”姚台长答应着回头看了一眼程望。

程望眼里含着泪水向方秘书长、邵副部长苦求，要求继续随团。邵副部长深情地对程望说道：“你的心情我们理解，你看你现在站都站不稳，怎么能去呢？到了前线还要跋山涉水，万一遇到枪林弹雨怎么办？搞不好还会拖累大家的。”听到邵副部长的这番话，程望再也不说话了。他无力地低下了头。这时，代表团成员除几位领导外全都上了飞机。见台长马上就要与领导握手告别了，萧锋明知不行但仍壮着胆子来到姚台长身边小声说：“台长，我和程记者都是政文组的，我请求替他去完成报道任务。”

姚台长温和地对萧锋说：“这事我们回去研究研究再说。”说完便快步向代表团领导走去。

永　别

从机场回来后，程望被直接送到省立医院检查。这一查可不得了，程望竟患了直肠癌，已经是晚期了。最大的一个肿瘤已经有馒头大小，硬硬地堵在肛门上面的直肠里。人每天吃的食物经过胃肠吸收，最后经大肠排泄。可他的直肠被肿瘤堵住了，怪不得这几天他吃不下东西，而且一吃就会吐。

听到这个消息，台里、部里、组里的同事们都惊呆了。人人都为程望的遭遇感到痛心，感到惋惜。

程望的妻子姜秀云在省图书馆工作，温柔贤淑，典型的贤妻良母。两人感情极好，结婚六年多从未红过脸。儿子小龙刚满3岁，身体结实，调皮可爱。谁都认为这是世界上最幸福最美满的一小家子。

萧锋陪着程望做的检查，他是最早知道结果的人。他回家把程望的情况向舒华说了后，舒华伤心不已，默默地站在窗前看着天空发呆。萧锋心中更是隐隐作痛，而且总感觉胃里堵得慌，他问舒华是不是自己也长了什么东西，舒华转过身来在萧锋的胳膊上狠狠地扭了一把。

萧锋和舒华买了些补品和玩具去程望家看望。萧锋和程望说着些与病情无关的话，尽力打破这凝重的气氛。他从不敢正视姜秀云的眼睛。看着小龙开心地玩着新玩具，萧锋心中又开始阵阵作痛。两人在回家的路上谁也没有说话，舒华一直默默流泪，萧锋劝了好长时间才好。

半个月后，程望做了手术，连肠子带瘤子切去了十厘米。由于是癌症晚期，手术后不久癌细胞就扩散了，程望越来越虚弱，身体一天不如一天。

程望和姜秀云的家都不在省城。姜秀云又要照顾程望又要照顾家，根本忙不过来。组里决定派萧锋和夏东明去帮忙照料，白天医院有什么事夏东明去办，萧锋工作半天，晚上去医院值班。萧锋在医院里陪程望走完了程望人生的最后四十五天。

程望平时话很少，可与萧锋在一起时话特别多。萧锋值班的第一个晚上，程望对他说："得知癌症晚期后，本想瞒着不给秀云讲，怕太突然她承受不了。可转念一想，我时日不多，担心真到那一天我不辞而别，那就更残酷了，就更对不起她了。"说这话时，程望泪流不止。面对此景，萧锋不知如何作答。两人很长时间默默无语。萧锋强忍泪水，努力控制着自己的情绪。

程望擦了擦眼泪继续说道："当晚上我把病情向秀云说了后，

她毫无思想准备，面无表情，神态木然，整个人像傻了一样，好长时间才哇地一声哭了出来，那声音撕心裂肺，令人肝肠寸断。我从未听到过这样的哭声。最后我们俩紧紧地抱在一起哭成一团。到了凌晨三点多，我们穿上外套下楼。我俩坐在楼下的石凳上，看着天上的星星一直到天亮。上楼的时候，秀云跟我说，别哭了，既然摊上了哭也没有用，我要好好照顾你，陪你过好最后的日子。你放心，我会把小龙抚养成人……听到这里我本想说她还年轻可以改嫁的话，她可能知道我要说什么伸手堵住了我的嘴。”萧锋这时终于忍不住了，眼泪不由自主地往下流，他第一次深刻体会到了什么叫作泪如雨下。

程望很自觉，很多事情尽量自己做不让萧锋动手。萧锋也是第一次照顾病人，好多事情不会做。但到了生命后期，程望连坐起来都很吃力，只能仰面躺着咳嗽、吐痰，萧锋就向隔壁病房的护工学，很快就掌握了处理方法。每当程望要咳嗽的时候，萧锋便把一张叠好的卫生纸放在他的嘴上，等痰吐出后用手一捏，顺便在他嘴上一擦就好了。萧锋平日胃很浅，看到别人呕吐自己便忍不住呕吐，可不知为什么照顾程望他从不嫌脏，也从未有过想呕吐的感觉。

一天半夜，程望被病痛折磨醒了。萧锋问他需要什么，他无力地摇了摇头。萧锋知道他很难受，便想找个话题拉拉呱，分散一下他的注意力。便对程望说：“我来台里一直不顺，所以非常羡慕你，工作得心应手，人缘又好，一切都那么顺畅。”听完萧锋这番话，程望苦笑了一下，第一次向萧锋说出了自己的坎坷经历：“我是工农兵大学生，毕业后分配在省计划委员会综合处工作，我的直接领导叫崔鹏，人又贪又糊涂，听说他上小学时连自己的名字都写不好，写鹏字时鸟一会儿在朋的后面一会儿在朋的前面，因此得了个外号叫前后鸟，你说跟着这样的领导能干好吗？”

程望咳嗽了一声继续道："那时社会上也有一些不正之风，比如基层会送些土特产之类。咱什么也不懂，不仅表明自己不要，还给前后鸟讲大道理说这种做法不对，弄得前后鸟大光其火，把我视为异类。他从此开始挤对我，来了文件不让我看还要我向下级计委答复问题，出了差错再编笑话传播。也不知前后鸟在背后说了我些什么，很多同事不理我，我当时被整得有些傻了，后来才知道那是患了抑郁症。可能因为我是学新闻的，不久我就被调到了咱们台。"

由于说话太多，程望长吐一口气缓了缓："刚来咱们台的时候我也不受欢迎，我又不会说话，又不会看眼色，写东西也不行，你想想吃苦能少的了吗？你写的那种检查我不知写了多少次，也不知偷偷哭过多少次。"

见萧锋吃惊地看着自己，程望苦笑了一下："到省台前期吃的苦我不想给你说，因为我想说的人你都认识，说了对大家都不好。我非常佩服鲁迅，我们要向他学习，鲁迅先生把自己比喻成一匹狼，受了伤就找个角落舔伤口，舔好了重新投入战斗。咱无力战斗，舔好了从角落里走出来就是了。"

听完程望的话，萧锋才知道自己吃的那点苦根本不算什么，最起码自己还没有"抑郁"过。

程望生命的最后一天，可能是回光返照，他凌晨三点多钟就把萧锋叫到自己床前，深情地对萧锋说："我感觉自己在世的时间不多了，感谢你、夏东明和台里其他同志们对我的关照。"他说话的声音有些异样。萧锋听得有些害怕，感觉身后嗖嗖地冒着凉风，忙对程望说："你快睡吧，别胡思乱想了，大夫说你的病情已有了很大的好转。"

程望没答话，从枕头下拿出一个精致的本子递给萧锋说："这本子是我让秀云买的，我在上面写了几句话送给你，留个纪念吧。"

萧锋打开本子，看见扉页上写着“书赠萧锋留念”几个大字，下面写着一句话“种子发芽的时候，总是弯腰弓背的”，字虽清秀依然，但仍可看出力量明显不足，有些笔画已经有些歪斜了。萧锋翻开第二页，四行隶书大字映入眼帘：顺风顺水／扬帆破浪／逆势逆境／坚挺待变。萧锋深深理解程望写这些话的含义，当他想再看一遍时，泪水已模糊了视线……

程望走了，永远地离开了萧锋，永远地离开了关心他的同事，永远地离开了爱他的人，永远地离开了他热爱的新闻事业……

编　外

程望未能去老山前线，台里改派于国群记者前往。萧锋虽然积极争取，但终因资历浅而未能如愿。

不知是谁向台里汇报，说萧锋住军区大院，家中有军线电话。领导便把接收于国群发来稿件的任务交给了萧锋。萧锋白天在台里上班，晚上回家还要抄收于国群从老山前线传回的稿子。有时信号不好要接收很长时间，接收后要抄出来，一些时效性强的稿子还要连夜送到台里，等发完稿子再骑车子回家已经是深夜一两点钟了。第二天电台播放新闻时，第一句话都是“现在播报本台记者于国群从云南老山前线发回的报道”。播出的新闻似乎与萧锋没有丝毫关系。

这些活儿对萧锋来说纯是额外劳动，既白干，又不能耽误事，为此晚上也不能出去约会了。一天晚上，舒华坐在床边静静地看萧锋抄收稿子，那天信号很好，接收非常顺利，加上稿子不长，一会儿就抄完了。萧锋伸了伸懒腰，忽然诗兴大发，提笔在草稿纸反面写了一首卜算子——编外战地记者，词云：

老山硝烟浓，心已赴战场。只因年轻资历浅，无缘随军往。
只能抄新闻，往来传捷报。待到虎威战神归，手捧嫁衣笑。

舒华读后边做鬼脸边称“好诗”！称赞毕又道：“只是作为一名革命记者，用‘嫁衣’二字显得有些小肚鸡肠、心胸狭窄。”气得萧锋拿着鸡毛掸子追得舒华满地跑。

二十多天后，大学生艺术慰问团的活动结束了。他们载誉归来并受到了省委书记、省长等领导的接见。可能是考虑到传抄稿件的功劳，台领导点名让萧锋参加这次新闻报道活动。会上，大学生们争先恐后地汇报他们在前线的所见所闻，讲得生动感人、催人泪下。由于萧锋传抄了所有稿件，掌握情况全面，很多内容了然于胸，加上实地采访，他很快写出了近万字的长篇新闻报道，在省电台连续播报。这些连播新闻在社会上引起强烈反响，还获得了当年厅里的优秀新闻奖。

疏 忽

春节临近，省里要召开老一代新闻工作者表彰大会。大会的规格很高，省委副书记苏淮亲自到会讲话，周平原现场做采访报道。第二天，周平原采写的《一支劲笔，两袖清风——省委副书记苏淮高度赞扬我省老一代新闻工作者》播出。早间新闻播出不久，省委的批评就下来了。紧接着，省台批评，新闻部批评。一周之内，省台下发了红头文件，以播出事故为名，对周平原进行通报批评。周平原被调离政文组，派到内务组协助抓后勤工作，正科级待遇不变。

整个事情经过萧锋都看在眼里，可他仍是一头雾水。周平原写的报道第一时间得到了同事们的一致好评，就算文字上出了问题，也不至于如此大动干戈。他将那篇文章仔仔细细读了不下十遍，也没有找到任何问题，更不要谈事故了。于是他越发想得知事情的原委，几经打听，才在比自己早几年参加工作的同事那里解开了这个谜团。

表彰大会上，省委副书记苏淮的讲话自然是重头戏，周平原和苏书记的秘书马成是老乡，相交多年。因为是表扬稿，所以马秘书提前把苏书记的讲话稿给了周平原。手里有了原稿的周平原，也不知道哪根筋搭错了，向来谨慎小心的他却没有参加大会，在后台靠着那篇文字发言稿直接就写出了新闻。

周平原写稿子的时候，引用了文字发言稿的原话“一支劲笔，两袖清风”作为题目。可苏书记讲话时，觉得这句话形容得不贴切，临时决定不用。谁也没想到他在讲话中竟没念那亲自审阅过的稿子。可是这一切周平原却毫不知情，仍旧把“一支劲笔，两袖清风”作为亮点写在了稿子里。散会后大家还没动笔，周平原的稿子就已经成型了，于是报社和电视台的记者，径直用了周平原的通稿。按惯例稿子写成后省委办公厅主任要审稿，一看署名是老成持重的“周平原”，也就没细看，签了字说让你们台长审审。稿子送回到台里，台长一看省委办公厅主任都签字了，还有什么好审的，就公开播出了。结果阴差阳错的，周平原算是引了个大雷，厅里、台里不好查所有人的责任，就只好让周平原一个人“顶罪”了。

周平原走的时候，萧锋帮他搬的东西。因为旁边还有别的同事，所以他没说话。临别的时候，周平原对大家说道：“你们都回去吧，记得以后写东西谨慎点，别犯错误，拿我当个反例吧。”听语气情绪也还可以。萧锋深为老组长惋惜，他是目送老组长离开、站在原地最久的人。

周平原调离之后，林之鹰走马上任，成为政文组组长。这对萧锋来讲不是什么好事。但是不知道为什么，他感觉林之鹰对自己的态度有所转变，似乎温和了些，甚至过年组里分苹果的时候，她还让两个同事帮着自己搬，这在往年她恨不得要全交给他来搬。“这是怎么了？”他很不明白其中的缘由。“难道天底下都是正职比副职好相处些？”

跳 墙

大年初三，萧锋和舒华约好九点见面。可是舒华八点刚过就敲响了萧锋家的大门。她自己也知道女孩子应该矜持，应该被动，应该正点或晚点到，应该含羞带臊地等着男孩子的攻势。可她就是没忍住，大过年的一起床就跑过来了，她自己都觉得有些不好意思，更不知道老一辈的萧锋的父母要怎么想了，再看看自己手里还拿着两个亲嘴瓷娃娃，脸顿时羞红了。

萧锋出来迎她，依旧穿着那身让舒华初见倾心的合体军大衣。舒华也不说话，只是用含着笑意的眼睛看着萧锋，向萧锋递过去手里的瓷娃娃。萧锋接过来，看着这对喜气洋洋的娃娃，心里开心极了。又看着舒华情意绵绵的眼神说："嗯，真好看。"又笑了笑，指着娃娃说："这一个是你，"故意顿了一顿，"这一个是我。"舒华的脸更红了，伸出拳头在萧锋的腰上轻轻捶了一下。萧锋顺势捏住她的手，引着她进屋。

舒华来萧锋家好多次了，二位老人都非常喜欢她。但毕竟是没过门的儿媳妇，总少不了大姑娘的羞涩与拘谨。一般情况都是——跟老人寒暄几句，两人就找引子跑出去了。舒华刚和老人说了两句话，萧锋便进来对父母说道："一会我和舒华要出门，今天市里举办万人长跑赛，我们还有采访任务。"

"怎么大过年的还有任务啊？"萧锋的母亲问道。

"谁叫你儿子吃了新闻这碗饭？"萧锋笑着说道。

“去吧，年轻人多锻炼总是好的，这也算不上什么。想当年我们……”父亲刚要说话，便被萧锋拦住了。萧锋说道：“爸，我们这真要出门了，等下次有机会的时候再听你的革命传统教育吧。”说着话拉起舒华就往外跑。

“多穿点，路上小心点，锋儿，你多照顾着点舒华！”屋里传来萧锋母亲的喊话。

“知道啦。”二人已经出了门洞。两只手又迫不及待地牵到了一起。

大年初四，舒华又跟着萧锋忙活了一天，晚上萧锋送她回到招待所门口的时候已经九点半了。舒华舍不得进去，萧锋也舍不得离开，两颗心的交流这时候不需要语言。两个人不由自主地走到招待所门口的侧面，那里有一个略高于地面的花圃，萧锋摘下自己的鸭舌帽，放在石围上，轻声说：“坐吧，石头上凉，别凉着肚子。”舒华就坐了下去，她紧挨着萧锋，一句话也不说，路灯把两个人的影子合在了一起。

习习的微风不时带来阵阵的火药香味，地上的爆竹红衣也沙沙作响。两人的心并没有被这些打扰。他们的眼里，只有对方，只有天上忽闪忽闪的繁星。这个夜并不安静，他们的耳朵里却只有对方的呵气声。

“冷吗？”不知坐了多久，此时周围静静的，萧锋并不想破坏这宁静，可是他发现舒华的小脸确实冻得通红。

舒华摇摇头。她知道萧锋的这个问题意味着两个人又要暂时地分开了。

萧锋看了眼表，摸了把额头，“都十一点了，怎么一点也没觉得。”箫锋猛地站了起来，“你们招待所的大门这时候肯定关了，我赶紧送你回去吧。”

“我不敢去敲门，传出去就麻烦了。”舒华这时候也缓过神来了。

萧锋稍一沉吟，说：“好吧，来，跟着我。”说着话拉起舒华，围着招待所跑了起来，这时他才感觉自己的腿脚都冻麻了，回头看着舒华道：“跑跑暖和。”

舒华顺从地由萧锋牵着跑，跑着跑着见萧锋停下脚步，抬头一看，这里正是招待所的后院，紧靠着锅炉房，外墙不高。萧锋看着舒华，又露出平日熟悉的坏坏的笑，命令道：“爬墙。”

舒华道：“我一个女孩子，可从来没爬过墙啊。”

萧锋得意地笑笑，说道：“爬一次就爬过了。来，看我的。”说着话两步就翻上了墙头、坐在了上面，“看，不难吧。来，我驮着你。”箫锋又一迈腿跳了下来。

“这，这能行吗？”舒华扁了扁嘴，“怎么和你在一起，不是往窗子外面扔瓶子，就是要爬墙啊？”

萧锋蹲下来，让舒华骑在他脖子上，扶着墙慢慢地站起来，又用胳膊一送，舒华就像他一样坐在了墙头上。舒华战战兢兢地挪着腿，然后一跃跳到了墙里的地上。

舒华站稳后，轻轻喊了一声：“好啦。”正不知道要怎样告别。墙外却传来了一声：“舒华，嫁给我！”

“什么？”舒华对萧锋的声音那么熟悉，她明明也听得清清楚楚，此刻却恍惚了。

“嫁给我，我不想和你分开了。”

舒华的心“怦怦”直跳，持续了很久。

援　藏

1988 年夏初，省广播电视厅接到国家广播电视部发来的通知，要求动员全厅机关干部报名支边，支援西藏建设。国家捐赠发射机、摄像机、车辆等设备，从全国挑选编辑、记者和工程技术人员，代表国家广电部支援西藏广播电视事业的发展。

此时的萧锋和舒华刚刚结婚四个多月，两个人都沉浸在新婚的喜庆甜蜜之中，好得蜜里调油一般。一天萧锋整理好采访包正要外出采访，却被林之鹰喊进了她的办公室。

自从周平原被调离，林之鹰就逐渐坐稳了政文组组长的位子。虽然林之鹰对萧锋的态度有了很大程度的好转，可在林之鹰面前，萧锋总还是感觉有些不自在。林之鹰先是对他上个月写的关于春水河清污的文章发表了几句无关痛痒的表扬，之后接着问道："小萧啊，厅里这次号召援藏的事情你应该也听说了吧？"

萧锋点了点头。

"这次可是国家广电部下发的通知，咱们厅长、台长都已经向上面拍胸脯了，这可是个政治任务，大家都要报名。你是年轻有为的大学生，理应踊跃报名，你说是吧？"

萧锋立刻就明白了林之鹰的意思。可是对林之鹰的警惕和对新婚妻子的眷恋使他对林之鹰产生了一丝反感。他表面上没有说话，心里却想着前天才看到的新闻，新闻说这些日子西藏很不太平，电视台的采访车被骚乱分子砸毁，记者被打伤，还波及许多无辜群众。

林之鹰见萧锋没有说话，笑了笑道："我也知道你刚结婚，哈哈，可是呢，咱组里属你学历高，工作能力也有目共睹，你看这样好不好？先报个名，起个带头作用，再说，就算真报上名也不一定非要你去。厅长不都说了吗，主要是让国家广电部和西藏看看，看看我们参加西藏建设的决心和热情。这样，你再回去考虑考虑，明天上午给我个答复。”

如果是周平原这样对萧锋说，他可能不会多想就答应了。可是林之鹰跟他谈话的样子总让萧锋不舒服。他含混地答应着，快步离开了林之鹰的办公室。

萧锋吃过晚饭一个人在院子里散步消食，满脑子都是林之鹰说的援藏的话，想想自己参加工作后经历的酸甜苦辣，心头有一种说不出来的滋味。他突然感觉到有一股特别的力量在牵引着他。他自己也说不出什么原因。本来只有个模模糊糊概念的西藏，仿佛一个信念一般，炙烤着他，让他身不由己地对西藏产生出渴望。而且这渴望像潮水一样袭来，一浪高过一浪，越来越强烈。此时，他心里只有一个想法——我要去援藏。

萧锋知道“父母在，不远游”的古训，也知道父母老了、西藏太远了，他们肯定不会支持自己的想法。可他就是无法抵御这个信念，这个信念仿佛在心里生根发芽了一般。他谁也没有告诉，就向厅里报了名。当周末回家把这个消息告诉父母时，果然不出所料——二老一致反对。

母亲的反对萧锋可以理解，可父亲的态度却与父亲对自己的一贯方针差别很大。父亲总是说萧锋是“三门同志”，出了家门就进了校门，一出校门就进了机关门，没有经历过真正意义上的磨炼，比起老一辈的革命者，无论是意志还是能力都差得不是一星半点。这些话萧锋不知道听了多少遍，他也从未反驳过。可当这次锻炼的大好时机真的来临时，父亲却投了反对票。

见父母建立了统一战线，萧锋只得说道：“能不能去西藏得看名额，还要符合严格的条件，也不是谁想去就能去的，所有人都要报名，我就算报了名也不一定去得了，你们现在就先别操心了。”萧锋的这些话总算把二老稳住了。这一招确实厉害，因为到后来组织真的决定萧锋援藏时，凭二老的觉悟也只有服从的份了。

厅里动员大会要求“全员报名”，效果果然很好，很多符合条件的干部都报了名。西藏方面立刻派专人过来甄选考察，亲自确定援藏干部。厅里很快就因为这件事人言喧沸，不断传出谁谁因援藏提出升职条件，谁谁提出调家属条件，谁谁提出要涨工资，谁谁提出要换房子等，也不知是真是假。反正最后只选中了一个什么要求都没有的萧锋，组织上还根据他的表现，批准了萧锋的入党申请。

这些好消息接踵而至，着实让萧锋异常兴奋。但他到现在还没给父母讲组织上已决定自己去援藏这件事，特别是还没给舒华讲，不知她态度到底如何？假如援藏之旅成行，将同舒华分别两年。两年！不知道自己的新婚妻子能不能受得了，尤其是舒华现在已有两个多月的身孕，在这关键时刻提出去西藏，不知她会是什么反应。萧锋怀着满心的忐忑与不安，回到家中。

看见舒华、温柔体贴的舒华，萧锋一路上想的很多大道理仿佛都被抛到了九霄云外。他只能硬着头皮说道：“舒华，我要告诉你一件事，你可要支持我。”

舒华说道：“没问题，你做什么决定，我都支持。”

“什么都支持吗？组织上安排我到西藏工作一段时间。”

“啊？西藏？多长时间？”

这时的萧锋不敢那么坦白了，含混地说道：“工作快了，一年多就能回来；要是干不完的话可能要两年。”他又补充道：“再说了，我要是回不来，到时候你去看我不是一样的吗？”话虽这样说着，可是萧锋心里比谁都清楚，按照规定这两年是不允许回家或探亲的。

“哦，可是，西藏啊，我可是听说现在那里还是挺乱的，你非要去吗？不能不去吗？”看得出来，舒华是真的有些担心。

“没事的，舒华，你听到的那些都是传言，其实那里很安全。再说了我会好好照顾我自己的，肯定安安全全回来。”

“你这么说，那，好吧。”舒华的语气里充满了不舍与担忧，可最终她还是同意了，“那你答应我，一定要平安归来。”

“是，保证完成任务。”萧锋行了一个标准的军礼，笑着把舒华揽进怀里。

流　产

舒华在萧锋怀里待了好长一段时间，两个人谁也没动。屋里出奇地静，静得连对方的呼吸声都能听得到。舒华哭了，她的泪水滴在萧锋手背上热热的，萧锋的心也跟着碎了，他完全理解此时妻子心中的苦楚。

舒华从萧锋怀里抬起头，泪眼汪汪地看着萧锋道：“我也有一件事犹豫不决，憋在心里一个星期了，我想听听你的意见。”

萧锋了解舒华的性格，她快人快语，肚子里藏不住什么事，能藏一个星期下不了决心的肯定不是小事，忙问：“什么事？”

“今年七月份，中央军委在北戴河召开军委扩大会议，要从各大军区抽调服务人员。你知道，我参加过北戴河会议的接待服务，还被评为优秀服务班长，所以这次上级点名要我参加。我现在已有两个多月的身孕，要是给组织上说了，肯定去不成，所以我一直犹豫不决。这样，既然你去西藏的事定下了，我也想流了孩子去北戴河。”说流了孩子去北戴河这几个字时，舒华也不知道自己是怎么说出口的。

听了舒华的话，萧锋的眼泪夺眶而出。他没想到舒华能做出这样一个重大决定。萧锋清楚地记得，当舒华知道自己怀孕后，激动得连续一个星期没睡好觉，睡着后又常常在梦中笑醒。上个月，舒华患了重感冒，鼻涕眼泪直流，咳嗽得嗓子都哑了，怕影响孩子发育，舒华硬是挺着不吃药，谁说也不听。萧锋知道，做出这样一个流产的决定，舒华的内心不知要遭受多么大的痛苦。

舒华知道，萧锋是家里的独生子。当萧锋把舒华怀孕的消息告诉父母后，抱子心切的老两口喜得合不拢嘴，特意把舒华的预产期写在月份牌上，每天数着日子盼望孩子的出生。见萧锋不说话，她知道自己做出的这个决定对萧锋、对公公、对婆婆意味着什么。她拿出手绢给萧锋擦了擦眼泪道：“我知道，我的这个决定很残酷，可我不愿意丢掉这次去北戴河的机会。孩子没了我们可以再要，我们都还年轻，你说是吗？另外，咱们刚结婚，你马上要走，我不敢想象我独自一个人在家的画面，我更不敢想象我自己带孩子的那个场面，正好借北戴河这个机会……工作一忙我心情可能会好一些，可能比较容易度过最困难的相思时期。”说着舒华又泣不成声。

萧锋有一肚子话，但现在不知道自己还能再说什么。他紧紧地搂着舒华道：“你决定了吗？”

舒华看着萧锋的眼睛点了点头。

“我听说做流产手术时，从精神到肉体上都很痛苦。”

“我不怕！”

见舒华决心已定，萧锋深情地看着舒华道：“好吧，我后天请假陪你去医院，早一点做有利于你恢复，但这事千万不能告诉咱爸妈。”

舒华点了点头，她把萧锋抱得更紧了。

清晨，萧锋带舒华来到市妇女儿童医院做人流手术。舒华进入手术室后，大约过了半个小时就出来了。萧锋见她脸色蜡黄，捂着肚子，忙迎上前扶着她，让她枕着自己的腿在连椅上躺了一会儿。等疼痛稍轻一些时，两人才回家。

回家后，舒华感觉问题不大，可不知为什么下身一直流血不止。一个星期后到医院一查，说是上次没流干净，又做了一次刮宫手术才算完全把血止住。但从此以后，舒华落下了一个子宫部位疼痛的毛病，有时晚上睡觉连腿都不敢伸直，但这事她从不给萧锋讲，她不想给他增加压力。

得知萧锋赴藏获组织批准后，正如萧锋所想，此时父母也只有服从的份了。但萧锋父亲的头发在很短的时间里就全白了。父亲只要见到萧锋就一句话：“你什么时间走，路上要注意安全。”萧锋告诉他具体的出发时间后，下次还是这样问，问的萧锋心里直发毛。

母亲自从知道这件事后，原本很好的身体一下子就垮了下来。她每天夜里一点多钟就睡不着了，一个人坐在床边暗自垂泪，哭一阵后便穿好衣服来到客厅。客厅里有一个长方形的鱼缸。那是萧锋给母亲买的生日礼物，里面养着十几条金鱼。母亲坐在鱼缸前看金鱼游水，看累了就在沙发上睡着了。这种睡法慢慢地成了母亲的一个习惯。

接机

一切准备就绪，终于到了出发的日子。萧锋先乘火车从省城去北京，第二天在北京转乘飞机前往西藏拉萨。台里的领导、同事和其他一些朋友集体到火车站为他送行，夏东明和顾雁一直陪送到首都机场。列车上，听着车轮有节奏的咣当声，萧锋一点睡意也没有。真的要远离家乡、远离亲人了吗？几千公里外的西藏是个什么样子？高原缺氧，自小衣来伸手、饭来张口的，我能在那里生存下去吗？西藏真的有危险吗？我有可能回不来吗？思绪翻滚，激情涌动，直到火车进站萧锋仍无丝毫睡意。

在机场分手时，萧锋和夏东明、顾雁洒泪而别，过了安检门后仍恋恋不舍地回头张望。

快到西藏了。萧锋透过飞机舷窗向外望去，一座座雪山映入眼帘，皑皑冰雪像是给大山戴上了洁白的帽子一般，煞是好看。下午三点多钟，飞机降落在雅鲁藏布江边的拉萨贡嘎机场。

机场里停放着两辆机场班车，除少数被接走的几个人外，大多数乘客要乘坐这两辆大客车进入拉萨市。萧锋带的东西很多，好不容易才把行李搬上车。他找了个空位坐了下来。窗外气温很低，车窗不严，冷风直往脖子里灌，萧锋不禁打了个冷战，他用力裹了裹外套。

萧锋真的已经身处海拔3600米的西藏高原了！他嗅着清新的空气，放眼远望，有一种异样的感觉，这里宽阔而宁静，蓝蓝的天空，清澈的河水，好像一幅唯美的画卷，让人难生亵渎之心。

班车刚跑出机场约五公里时，萧锋看见路边停着一辆北京牌吉普车，车边站着两个人。一个身穿军大衣的魁梧汉子，一边向车招手，一边不停地喊："有没有叫萧锋的？是支援西藏电视台发展的。"

萧锋感觉喊声与自己无关，心想在这个陌生的地方，自己谁也不认识，不可能是喊自己的。可当听到萧锋和西藏电视台几个字时，立刻回过神来，大声答道："我叫萧锋！"

随着萧锋的应答，班车停了下来。

"哦，快下来，我们是西藏电视台的，专门来接你的，路上车坏了，不好意思，来晚了。"穿军大衣的男子热情并带歉意地说着，他和大家一块帮萧锋把东西搬到了吉普车上。

穿军大衣的男子叫文杰，他是和西藏广播电视厅办公室谢副主任一起来接萧锋的。萧锋以前未见过文杰。但这个名字他却很熟悉。因为在台里工作时，萧锋就经常听到文杰的大名，知道他是上一批援藏干部，是老大哥。来藏前人事处向萧锋介绍过他。文杰是山海省广播电视厅电视台艺术团演员。援藏的职称是导演。他导演的一部电视连续剧刚录制了一半，所以要继续留在西藏。萧锋见到文杰非常兴奋，他没想到两人是以这种形式见的面。

看见两位同事后，刚才还被冷风吹得心里空荡荡的萧锋，感觉一股暖流涌上心头。

车子行驶不多一会，文杰让司机在拉萨河边停下。他下去和路边一个卖鱼的藏族人叽里咕噜地说话，萧锋也跟了过来。文杰在西藏待了两年，会说不少藏语。萧锋听不懂就问他："你要干什么哪？"文杰说要买鱼吃。

文杰边盛鱼边告诉萧锋："在西藏流传着一句话，穷人吃肉，富人吃菜，没人吃鱼。因为西藏高寒缺氧，不生长青菜。蔬菜大都是从成都通过飞机空运进藏的，价格贵，一般富人才吃得起。相反，西藏遍地是牛羊，穷人天天以肉为食。”

听了文杰这番话，萧锋感到非常新奇，忙问道：“他们为什么不爱吃鱼呢？”

文杰回道：“可能与习俗有关。萧锋，你知道吗，西藏的水那可真是清澈纯净，河里的水都是雪山融化后直接流下来的，完全零污染。青藏高原的巴颜喀拉山，是长江、黄河的源头，水特清纯，生长在这水中的鱼的味道也极其鲜美。”

醉　酒

来到西藏电视台，文杰怕萧锋有高原反应，直接把他接到了自己在电视台的家中暂住。由于第一批援藏干部还有七八个人明天要离开拉萨，当天晚上文杰便把他们请到自己的家中会餐，主题是为援藏干部送行同时欢迎萧锋的到来。

天刚黑不久，天津的石媛大姐、广东的冯衍明和山西的陈广铎等都陆陆续续来到文杰家中。文杰亲自掌勺，用刚买来的一桶鱼做了一大锅水煮鱼作为主菜，还把平日里不舍得吃的鸡蛋、罐头等都拿了出来，一会儿就把桌子摆得满满的了。大家坐好后，文杰先把萧锋介绍给大家，然后又把在座几位一一介绍给萧锋，之后提议“宴会”开始。

文杰举起满满一杯白酒站起来道：“诸位！萧锋是我的同事，一个单位的两批援藏干部能同在西藏电视厅见面，实属难得。我提议第一杯都干了，为我们的缘分同时也为萧锋同志接风洗尘，干杯！”在一片欢呼声中，大家一饮而尽。

文杰挨个检查了一遍，见大家杯杯见底后又让重新斟满，并说道：“我们这一批援藏战友除我要留下来再工作一段时间外，大家都要离开西藏回到各自的工作岗位了，我们马上就要分别了。两年间，我们结下了深厚的友谊。”说到这里，文杰有些哽咽，便停了下来。他知道酒桌上除石大姐酒量不行、萧锋酒量不清楚外，其他人的酒量都还不错，所以稍一停顿压了压情绪道：“不知道我们将来什么时间才能再见面，但肯定不会像现在这样容易，所以今晚我们谁也不准偷懒，不醉不归。这杯战友情酒除了石大姐和萧锋可以随意外，其他各位全都干掉。”文杰话音刚落，大家又来了个集体干杯，文杰知道石大姐酒量有限，但等他要阻拦时已来不及了。

文杰敬酒后，石媛大姐、冯衍明、陈广铎等援藏干部轮番向萧锋敬酒，因为心里高兴，萧锋来者不拒，杯子虽然不大，但喝的杯数多，不一会儿就喝了三两多。萧锋有一定酒量，平常喝半斤白酒不在话下，可因一路劳顿、休息不好、高原缺氧、心情兴奋等，加上喝的贵州鸭溪窖酒劲很大，所以刚过三两萧锋便感觉有些头晕。此时他脑子还很清醒，所以抓紧敬了大家一圈儿酒。他怕自己再被动喝下去会因无法敬酒而失礼。

萧锋有个特点，酒喝多后便开始说一口标准的普通话，如播音员一般。再喝多后便一言不发，呆呆地看着大家傻笑。萧锋过了普通话、傻笑阶段后，醉酒表现越来越重，脸色越来越黄，明显有些撑不住了。

文杰见状，忙把萧锋扶到卧室，让他躺在自己床上，心想休息一会儿就好了。见萧锋睡下后，便重新回到酒桌。因为大家明天就要分别了，所以这场酒要喝到很晚。

萧锋刚睡了一会儿，就被小便憋醒了，不得不硬挺着来到后院小解。当他踉踉跄跄来到房子后面的荒地坚持撒完尿后，被风一吹，感觉酒劲上来了，顿时只觉天旋地转，胃里一阵翻腾，便开始呕吐起来，吐得翻江倒海、天昏地暗。他坚持着刚要站起来，便觉眼冒金星，随后躺倒在地，昏迷了过去。

当时天气很冷，萧锋出门时只穿了一件薄面包服。大约过了一个多小时，萧锋开始慢慢苏醒过来。昏迷中他感觉有毛茸茸的东西在蹭自己的脸和手，还感觉有东西在舔自己的脸，时不时有热乎乎的气体喷在脸上，湿乎乎暖烘烘的。醒来才知道是一群狗在不停地舔自己的脸，吃他之前吐出来的东西。自己酒醉后的呕吐物引来的狗，竟把自己舔醒了。

萧锋醒来后，感觉冷气袭人，天上繁星点点，地上一群狗正围着自己。心想，怎么回事？我这是在哪里？狗为什么围着我？当时也不知道害怕。他慢慢想起来是自己昏倒在后院了，可清醒了也动弹不得，无力自救，喊出的声音十分微弱，屋里的人根本听不见。

狗通人性，此话一点不假。可能狗看到他清醒了想呼救，便约好似的一齐帮他喊人，汪、汪、汪……

屋内，文杰他们还在喝酒，明天就要分别了，大家难舍难离，总有说不完的话题。文杰见时间已晚，便提议喝最后一杯，喝完吃饭。

文杰喝完杯中酒，起身到卧室叫萧锋吃饭，可到房间一看，人不见了，正好这时屋外的狗叫声连成一片。他急忙跑到后院，只见萧锋躺在地上，四五条狗正围着他狂叫。文杰忙把大家喊来把野狗轰跑。大家七手八脚地把萧锋抬到屋里床上，给他盖了三床被。

益 友

萧锋醉酒一事着实把文杰吓得不轻。幸亏萧锋年轻，加上身体素质极好，所以没出大问题，否则后果难以想象。为了弥补自己的过错，文杰每天抽出半天时间陪在萧锋身边，给他送饭拿药，忙前忙后。

萧锋尽管没去医院，但身体受损严重，高原反应非常强烈。萧锋躺在床上，像被人放进了颠簸小船上的滚动酒桶里一般，眩晕恶心，喘不上气来，痛不欲生。一天到晚，什么也干不了，还要耽误文杰和西藏电视台同事们的时间为自己服务，每当想到这些，愧疚之情便涌上心头。就这样，萧锋在床上躺了七天七夜，到第八天才开始慢慢好转。

萧锋的身体逐渐向好，不再需要电视台的同事们值班了，只是文杰定时来看望他，闲暇之际便给他讲讲西藏的风土人情，谈谈自己两年多的援藏体会。这使萧锋收益良多。

萧锋的身体一天天恢复，他的心情也好了许多。一天吃完早饭后，萧锋翻开台历一看，自己来西藏已经十二天了。想想这十二天自己什么也没干，心里空落落的。正两眼盯着台历发呆，这时文杰推门走了进来，他见萧锋面色红润，高原反应期已过，心里非常高兴，向萧锋提议到外面走走，散散心。

两人走出宿舍院，外面阳光明媚，蓝蓝的天空点缀着淡淡的云彩，天空显得清澈无比。萧锋十多天没出屋门，眯了半天眼睛才慢慢睁开，他深深地吸了一口气，抬眼看了看高远的天空，顿感心旷神怡、舒畅无比。

文杰边走边对萧锋道："这些天你躺在床上，我给你说了很多，有些只是我援藏的一些体会，说的不一定对，仅供参考而已。"

萧锋忙感激地说道："哪里哪里，老兄过谦了。不瞒你说，听了你的教诲，我有种因祸得福、免费岗前培训的感觉。"

文杰道 ："什么岗前培训，你又来虚的。"

萧锋有点着急地说道："此言发自肺腑，绝无虚意。"

文杰笑了笑："我给你说了很多废话，但自认为有一点你必须借鉴。就是我们从内地来到西藏，虽然也是电视厅一成员，西藏的同志也不拿我们当外人，但我们在这里的工作时间短，对一切又不太熟悉，所以工作时必须靠自己，多想多做，如果属算盘珠的，拨一拨动一动，那将会一事无成。"

文杰见萧锋全神贯注地听着，便继续道："援藏这两年，说快也很快，想混也很容易，但要想干出点成绩、干出点名堂必须靠主观努力、靠创造性的工作，否则很可能虚度时光、一事无成。"

文杰说到这里，拍了萧锋后背一掌，笑道："我是不是像领导在做报告，是不是太虚了。"说完后两人同时哈哈大笑起来。

暖　夜

萧锋来西藏已经两个多月了，对拉萨、对广播电视厅各方面的情况都有了大致了解，身体也度过了适应期。元旦前夕，厅里决定安排所有援藏干部到一线记者站锻炼，以便熟悉基层工作情况。

西藏广播电视厅下设的比较艰苦的工作岗位是常年驻守在高原地区的一线记者站。一线记者站的条件也有好有坏，山南地区、林芝地区的记者站的条件最好。萧锋却选择了条件相对艰苦的日喀则地区记者站。但日喀则地区记者站到底有多艰苦，条件有多差，萧锋根本就不清楚。

元旦刚过，日喀则地区记者站站长丁茂良来厅里拉电视摄像设备。萧锋正好搭上了他的顺风车——一辆破旧的北京吉普。第二天一早，两人吃过简单的早餐就出发了。

丁茂良，军人出身，三十五六岁，气貌淳厚，话语不多，一见面便给人一种为人和善、非常信得过的感觉。萧锋上车后，礼貌地向丁茂良笑了笑："丁站长，非常感谢能坐你的车去日喀则。"

丁茂良看了一眼坐在副驾驶位上的萧锋道："咱们都是同事，客气啥？我正好来拉设备，有你做伴我更高兴，不然一个人在路上多寂寞。"

一句话拉近了两人的关系，他们很快就熟悉得像老朋友一样。

萧锋问："我们多久能到日喀则？"

丁茂良一边熟练地换着挡位，尽量使车子减少颠簸，一边答道："日喀则离拉萨不到三百公里，但路非常难走，一般都要走十四五个小时，如遇暴风雪那就很难说了。"

丁茂良从兜里掏出烟盒拿出一支递给萧锋，见萧锋不会便自己点燃后深深地吸了一口，一股浓烟从嘴里缓缓喷出。他两眼注视着前方问萧锋道："听说你是干部家庭出身，来西藏能吃得了这份苦吗？"

萧锋毫不犹豫地答道："能！我是自愿报名来西藏的，来之前我已做好了各方面的准备。"

丁茂良用钦佩的目光看了萧锋一眼，想说什么却又咽了回去。

从拉萨到日喀则要经过一座大山——曲水山，山顶海拔五千多米。由于吉普车老旧，车况不好，爬不动坡，光上山就用了五个多小时。车子开到山顶，丁茂良建议两人下车休息一下。

萧锋走下车来，换了一口气，抬头放眼望去。他被眼前的美景惊呆了。远方山上，白雪皑皑的神女峰壮美秀丽，山下湛蓝清澈的羊卓雍湖色彩迷人，妙不可言。雪峰倒影在水中，如梦似幻，令人叹为观止。此时，萧锋热血千度，心潮拍天，胸中涌动着一股莫名的冲动，自己的身体仿佛漂浮在半空之中，所有的疲劳顿时烟消云散，这种感觉他从未有过。

天黑以后，他们终于到达了日喀则地区记者站。萧锋住进了地委宣传部早已安排好的房子里，房间与丁茂良的住处离得很近。丁茂良告诉萧锋，隔壁住着一名叫冯春的年轻记者，现在蹲点采访去了。

丁茂良帮萧锋拿下行李后，带萧锋到自己屋里，用电炉子煮了一盆面条。两人饭后便各回房间歇息。

萧锋仔细打量了一下自己的房间，房间似乎是刚刚清理出的库房。窗户的缝隙用报纸糊着，大风一吹便“呜呜”作响。由于当天气温骤降，加上凄厉的风声，萧锋顿感寒彻透骨。他躺在床上盖着两床被子仍冻得睡不着觉，便爬起来把羽绒服和皮裤穿在身上，脚上套了三双袜子，躺下后仍觉寒冷难耐，丝毫没有睡意。

气温越来越低，萧锋觉得自己身上的热量已经散尽。这时他开始想家了，这是进藏后最厉害的一次想家。他似乎产生了幻觉，母亲、父亲慈祥的容貌如过电影般在眼前闪过，一幕一幕连绵不断；舒华深情的目光一直注视着他，目光怨爱参半，嘴里还在不停地说着什么……不一会儿，萧锋感觉有泪珠从脸颊落下，很快耳朵就被泪水灌满了。

突然，门外响起了敲门声，他听到了丁茂良的声音：“萧锋，我是茂良，你睡了没？”

“没睡。”萧锋接着又问：“有什么事吗？”

门外丁茂良答道：“你有电褥子吗？”

萧锋犹豫了一下回答：“没有。”

当萧锋下床打开门时，门外已没有了丁茂良的身影。刚要去房间找他时，只见丁茂良抱着一床电褥子走了过来。

丁茂良带有歉意地说：“我写了点东西刚睡下，忽然想到你可能没带电褥子，就爬起来敲你的门，今天天气突变，我怕你受不了。”说完便把电褥子硬塞进萧锋的手中。

萧锋从电褥子的温度知道，这是丁茂良从自己床下抽出来的，所以再三推辞，但最终没有拗过他，只得收了下来。

丁茂良向上拉了拉衣领，回自己屋睡觉去了。

萧锋重新铺好床，脱下身上的几层衣服，躺在暖暖的电褥子上，舒服极了。他从未睡过如此温暖的被窝，并对幸福是什么有了新的定义。

这一夜，萧锋睡得非常好，他做了一个梦。在梦里，舒华不停地吻他的脸，吻他的眼，吻他的鼻子，吻他的脖子，痒痒的。他紧紧地把舒华搂在怀里，舒华身上非常热，像一个温暖的小火炉。

获 奖

大雪封山，物资匮乏。由于吃得太差，营养不良，萧锋很快就瘦了一圈儿，一米八五的个子，从一百六十多斤，一下瘦到不足一百三十斤。过去不知道什么是饿、不知道什么叫馋的他，现在经常做美食梦，而且梦中的美食往往近在咫尺却吃不上，醒来时涎水直流。

萧锋曾看过一部电影，电影名字忘记了。记得电影中有一个场景，主人公饿极了，抢了两个包子就跑，结果被饭店的人抓住围殴。这时，电影给出特写，只见主人公根本没把挨打当回事，大口地吃着包子，脸上露出了满足的神色。萧锋当时很瞧不起这个人物，认为他为了两个包子根本不值得，毫无人格可言。经过几次长饿后，萧锋理解了那个主人公，知道人饿极了是什么都可以干出来的，没挨过饿的人是想象不出挨饿那种百爪挠心的滋味的。

一天晚上，萧锋吃了一碗开水煮面刚要上床睡觉，隔壁记者冯春推门走了进来。冯春与自己年龄相当，自萧锋来后，只要有空闲时间他都会到萧锋屋里来聊天。俩人聊天的范围很广，无话不谈。

冯春是陕西人，为人豪爽，走路带风，穿着一件羊皮军大衣，一进屋便把一股冷风带了进来，同时还带进来一股酒气。萧锋一看冯春红扑扑的脸便知道他喝酒了，不无羡慕地问：“你小子不简单呀，在这儿还有人请你喝酒？”

冯春打了个酒嗝道：“老家来了几个支边大学生，带了几瓶西凤酒，本来想托关系用，没想到这里与老家不一样。在老家，大学生找好工作要托人；在这里，大学生成了抢手货，每人都能找到满意的工作，而且送礼人家还不收。”

冯春往里推了推萧锋，躺下后继续道：“他们带的酒没用上，找的工作又很满意，高兴极了，所以我们见面吃饭时，就一块把酒全喝了。”

萧锋凭着敏感的记者神经，马上意识到这是一条很有价值的新闻，便对冯春道：“这是一条好的新闻线索，咱们可以深入采访一下，写篇好新闻。”

冯春不无开玩笑地说道：“你是不是犯职业病了，什么都是新闻线索，喝酒也成了新闻线索。要采访你去采访，我可不去，不过你可别把我喝酒也写进去呀。”说完起身打着哈哈回屋睡觉去了。

从第二天开始，萧锋用了三天的时间，到人事局、分配办、企事业单位及其他相关部门，重点采访了解大学生毕业分配情况。通过调查了解得知，当年自治区分配给日喀则地区的大学生只有几十名。这点大学生对整个日喀则地区来说可谓杯水车薪，甚至出现了十八个县争抢大学生的现象。

萧锋在掌握了大量数据、案例的基础上，用了半天的时间，写出了一篇题为《日喀则十八个县争抢大学生》的新闻报道。新闻从日喀则党委政府改革搞活、观念转变讲到人才匮乏、求贤若渴，特别在大学生来藏后倍受重用、个人事业发展方面谈了不少实例，有观点、有数据、有对比，很有说服力。萧锋也认为是自己进藏以来写得最满意的一篇作品。写好后，他到邮电局用拍电报的形式把稿子发回了拉萨。第二天早晨，西藏人民广播电台《新闻节目》便播出了这条新闻。

令萧锋做梦也没有想到的是，在他结束基层锻炼回拉萨后不久，这篇稿子居然获得了全国新闻二等奖，这也是西藏广播电视厅当年唯一获得的全国新闻奖项。

牛 血

在日喀则记者站的日子真正让萧锋知道了什么是苦。这里的苦远远超出了他的想象。特别是吃饭，基本上每顿都是清水煮面。丁茂良屋里有个纸箱子，里面放着面条。每到饭点，三个人就在一起用电炉子煮面条吃。萧锋在家里时根本不喜欢吃面。但在这里，吃饭已不是喜不喜欢的问题，而是生存问题，不吃就活不下去。萧锋没有电炉子，他晚上如果想喝水都没法喝，因为雪水太凉牙齿受不了。后来，萧锋想了一个办法，他找来两块砖，中间点支蜡烛，上面放一个搪瓷缸，用这种办法把喜马拉雅山冰雪融化后的雪水弄温再喝。

一天，萧锋跟着丁茂良去岗巴县采访了解当地过冬物资分配情况。两人开着那辆破吉普返程时，走着走着迷路了，他们凭着记忆走了半天，才发现是在原地打转，幸好在天黑之前、在车没有油之前看到了一户人家。上前敲了半天门却无人应答。

这户人家一共有四间房，房屋的西边是两间牛棚，牛棚里有七八头牛在躺着休息。丁茂良见主人不在家，有气无力地瘫坐在门前台阶上。他从包里拿出一包饼干递给萧锋道："没有水了，如果你能吃进去就吃一点吧，我是不行了，嗓子已经冒烟了。"

萧锋此时是又饿又渴，他拿起一块饼干放进嘴里，口中一点唾液也没有，刚要下咽便觉饼干屑像小刀一样，一刀一刀在割着自己的嗓子眼，顿时痛得眼泪直流。

丁茂良见萧锋痛苦的样子，便道：“别吃了，别遭罪了。收拾收拾今晚我们就在这和牛一块睡吧，这已经很幸运了，如果我们找不到人家，汽车也没有油了，冻死在野外那不是没有可能的事。”

萧锋这才意识到如果找不到人家的严重后果，倒吸一口冷气，暗自庆幸起来。他学着丁茂良的样子，找到一个两头牛在一起的地方躺了下来，牛似乎也知道他的想法，很知趣地挪了挪身体腾出一块地方。萧锋想，牛真是一个好动物，是人类的好朋友。俗话说马通人性，看来应加上牛也通人性。

萧锋摘下棉帽当枕头，盖上军大衣后感觉暖和极了。他对丁茂良说道：“你看我们是不是继承了南京路上好八连的优良传统，他们进上海时睡在马路上，我们来西藏睡在牛棚里。”丁茂良太累了，他答应着，很快便迷糊了过去。

第二天一早，丁茂良叫起萧锋，两个人提着油桶出去找油。走了不远，见有一户藏民早起杀牛，杀牛的木床子上躺着一具剥了皮的牛体，木床子下面放着一盆鲜牛血。丁茂良看来是渴极了，他跑过去，舀了半舀子牛血就往嘴里灌，这样的场面萧锋从未见过，嗓子已冒烟的他也学着丁茂良的样子，接过他递过来的舀子，喝了起来。喝下去才知道，牛血原来是咸的，又咸又涩，咕咚了几下就再也咽不下去了。丁茂良和萧锋都几天没刮胡子了，牛血喝得又急，两人的下巴和胡子上沾的全是鲜血，半个脸血红血红的，像个吃人的恶魔一样。两个人你指着我笑，我指着你笑，笑着笑着眼泪就流了出来，此时是怎样的心情只有他们自己能说得清楚。

这时，从屋里走出一位五十多岁的藏族老汉。丁茂良上前和他交流，说的什么萧锋也听不懂。和丁茂良说完话后，老汉从屋里拿出酥油茶和糌粑让两人美美地吃了一顿，丁茂良拿出十元钱给他，老汉坚决不收。饭后老汉又带着丁茂良和萧锋去买了一桶汽油。当天两人便顺利地赶回了日喀则。

一个多月后，丁茂良和萧锋带着两瓶泸州老窖顺路来向藏族老汉致谢，表达心中的感激之情。

遇　狼

日喀则地区行署多吉副专员去亚东县参加森林防火现场会议，萧锋作为随行记者与梁秘书长一同乘车前往。西藏亚东县和锡金（今属印度——编者注）接壤，地处大山深处，边境线在山的顶端，一般人根本没有机会进山，所以萧锋上车后一直处于兴奋状态。

一路翻山越岭，到了目的地海拔反而低了下来。因为有森林大树，氧气增加了许多，萧锋呼吸起来感觉舒畅极了。

多吉副专员一行到达亚东县时，正是晚饭时间，饭间他让与会代表早点休息，养足精神，开好明天的森林防火会议。

会议日程安排得非常满。由于是现场会，首先由亚东县罗巴县长介绍当地森林防火的经验做法，然后组织与会代表参观现场，最后由多吉副专员在会上讲话、下发相关文件。会议开得非常成功。萧锋加班写出了会议报道，分别发往西藏和日喀则电台。第二天一早新闻准时播报。

由于来一趟不容易，所以会议结束后，罗巴县长坚持陪同多吉副专员到边境线看一看，因为边境线管理严格，让全体与会代表都去根本不可能。多吉副专员同意了罗巴县长的提议，这让萧锋更加喜出望外。

罗巴县长给边境驻军领导提前打了招呼，所以车子一路免检放行，径直开向执勤哨所。山顶端的景色非常壮观，群山起伏，一个山头接一个山头，连绵不断。向远望去，每个制高点设置的哨所连成一线，组成了保卫国家安全的第一道武装屏障。汽车在一块大石碑前停了下来，边境的大石碑上写着“乃堆拉山口”几个大字。大家在石碑前合影留念，照完相后向南一看，再过二十米左右就是异国的领土了，这时陪同的孙连长让大家不要乱走动。山口上阴森森的，可能是紧张的原因，加上缺氧，萧锋顿时感觉喘不上气来。

多吉副专员一行刚登上哨所的瞭望台时，突然从印军哨所里冲出了几个大胡子士兵，并传出“哗啦，哗啦”拉枪栓的声音。孙连长告诉大家不要紧张，但也别再往前走了，原地站在那里看看就行。孙连长说：“按照平常执勤的习惯，中国和印度的这两个哨所是对应哨所，各自都有七八个士兵驻守，这叫军力驻扎平衡，他们不加岗我们便不加人。今天我方突然来了几张陌生面孔，他们当然警惕起来，他们过来主要是看看情况。”孙连长说着向印度军人招了招手，对方一个留着卷毛大胡子军官模样的人也向孙连长挥了挥手。

孙连长接着介绍道：“中印两国过去打过仗，防守一直很严密，但毕竟多年没打仗了，我们和对方天天面对面地对视，都成‘老熟人’了，我们这些常年把守边境的战士的生活实在太枯燥了。两国关系不紧张时，双方士兵有时还你送给我一点东西，我送给你一点东西。”

多吉副专员听到这里，从兜里掏出两包红塔山香烟递给了孙连长，孙连长接过后扔给了大胡子军官一包，大胡子军官高兴地冲孙连长笑了笑以示感谢。

萧锋看到这一幕，感到见到的一切是那么奇特，紧张的心情也完全放松了下来。

与孙连长和罗巴县长告别后，多吉副专员踏上了返程的路。本来从亚东县到日喀则当天可以赶回，因在边境线上耽误了时间，所以车子行驶了四个多钟头时，太阳就要落山了。在一块相对平坦的树林旁，多吉副专员吩咐在此宿营。

大家齐动手，各自扎起了用高强度尼龙布做成的露营帐篷，一人一顶。萧锋由于没有帐篷，便和司机老何合用一顶最大的帐篷。别看多吉副专员是高级干部，他可自己砸钢钉、支架子、搭篷布，根本不让别人帮忙，这就是西藏干部的风范。这也体现了他们在艰苦条件下的自我生存能力。

搭完帐篷，老何从车上拿出一个汽油炉和一个高压锅。他拿打火机点燃后，汽油炉上的火苗瞬间由红变蓝，“哧哧”作响。老何把纯净的湖水倒进锅内，又放进面条加上盐。梁秘书长又放进去几块风干的羊肉。不一会儿一锅香喷喷的面条就做好了。萧锋知道，西藏气压比内地低，水的沸点也低，一般七十度左右水就沸腾了，所以煮面条必须用高压锅，用普通的锅煮不熟也不好吃。

吃完饭，山里就起风了。大家赶紧钻进了自己的帐篷。萧锋和老何的帐篷像个大睡筒，里外双层设计，外层拉链一拉，一丝冷气也吹不进去。他和老何躺下不久，他就听到了老何均匀的鼾声。那晚野外最低温度降到了零下二十度以上，萧锋又冷又困，一夜迷迷糊糊的，根本睡不沉。睡梦中，萧锋感觉有好几颗亮晶晶的星星围绕着自己，似乎还有什么东西在不停地触碰着自己的身体。

天亮了，萧锋走出帐篷，见早已起来的多吉副专员正在帐篷边上做舒展运动。

多吉副专员看到萧锋后问道：“萧记者，昨天晚上睡得好吗？”

萧锋道：“昨晚睡得不踏实，感觉一晚上都在梦里，乱哄哄的，总感觉有东西围着我转，好像旁边还有亮晶晶的星星。”

多吉副专员听到萧锋的话哈哈大笑起来，对毫不知情的萧锋道：“萧记者，你不知道啊，昨天晚上我们遇到狼群了，不过数量不多，也就几只，它们闻到了我们的气味，但进不了帐篷，只能在外面一圈一圈地转，看来我们馋得它们不轻。”多吉副专员说这话时，谈笑风生，好像遇到的不是一群狼，而是一群猫。

“妈呀，什么？”萧锋吓了一大跳！直到这时他才知道，原来昨晚梦中的星星，是野狼眼睛冒出的绿光，碰自己身体的是一群围着帐篷转的狼。

萧锋惊魂未定，忙问：“您在西藏野外经常遇到狼吗？”多吉副专员答道：“也就遇到过十几次，遇到的狼群就更少了。如果遇见一只狼，一般来说不要慌，你一定要打开手电筒，一直地照它，不要让狼看清你是一个人，同时拿棍子使劲往地上敲，狼以为你人多又有武器，就不敢上来。”

看到萧锋惊恐的样子，多吉副专员知道萧锋在这方面懂得不多，便继续给萧锋普及野外遇狼的知识：“在野外最怕遇到狼群，狼很聪明，组成一个群体就更可怕了。遇见人之后，它们会分散包围，你想跑都跑不掉。而且，这些狼不会都在同一个方向向你发起进攻，而是第一只狼先跳到人的背后，人这时往往会扭脖子回头反抗，这时第二只狼直接扑到人的胸前，咬住脖子，一口致命。”为了缓解萧锋的紧张情绪，多吉副专员换了种口气道：“不过，你不用害怕，像昨晚的这种情况，我们有坚固的帐篷隔着，只要人在帐篷里别出来，狼进不去，人一般就安全。”

听了多吉副专员的话，萧锋倒吸一口冷气，低头看了看地面，帐篷外面一周全是狼的脚印，帐篷旁边的灌木和草下面的碎石已经被狼爪子扒得露出了下面的黄土。

阅历、经验对人是何等的重要。萧锋心想，真是万幸中之万幸，如果昨晚，自己听见动静好奇地走出帐篷，那后果将不堪设想，还很有可能会害了老何。想到这些，萧锋觉得头皮都麻酥酥的。

执　着

萧锋从日喀则回到拉萨五个月后，才与文杰见上面。从萧锋到基层锻炼开始，文杰就一直在阿里等地拍摄电视剧《江孜之战》。《江孜之战》主要讲述了古代藏族人在江孜这个地方抗击英军的悲壮故事。

萧锋与文杰一见面，便紧紧地拥抱在一起，就像两个久别重逢的情人一样。萧锋看着又黑又瘦、脸上还带着“西藏红”的文杰，动情地说：“你老兄可真行，电视剧再重要，也不能不要命啊，你可以拍一阵回来休息几天，无论如何不能把身体累垮了。”

文杰拍了拍自己的胸脯道：“你放心，垮不了，我这不是很好吗？为什么不能常回来，我就是想一气呵成。过去不知道拍电视剧这么难，有时为了一个镜头要等好几天，上个月为拍一个雪崩的场面还差点出了人命，现在想起来脊梁都冷飕飕的。”

文杰的话让萧锋深深体会到，要想办好任何一件事情都不容易。他没想到拍电视剧还会有生命危险，忙关心地问：“电视剧拍的怎么样了，杀青了吗？”

“差不多了，正式播出前还要走很多程序，不是一两天的事情，等毛片出来，我让你先睹为快。”文杰答道。

萧锋无不羡慕地说：“盼你早日成为大导演。”

“什么大导演，连小导演也够不上。”文杰说着，话锋一转对萧锋道：“你别光说我了，说说你的情况吧。我听说你得了全国新闻大奖，怎么这事还给我保密呀？”

萧锋见文杰提起获奖的事儿，不好意思起来，忙说：“什么大奖，是二等奖。我那是误打误撞，不值一提。”

“怎么还挺谦虚？”顿了一下，文杰又道：“我还听说格桑厅长在全厅大会上两次表扬你，号召学习你对待工作的执着精神，这是怎么回事？”

这一问让萧锋更加不好意思起来。他脸红红地说道：“都是些小事，不值一提。”在文杰的再三追问下，萧锋才挤牙膏似的说出了事情的原委。

原来，在萧锋来之前，厅里对新闻节目的时效性要求不是太严，有些新闻没能做到当天新闻当天播，有些抓抓紧当天可以播出的新闻有时却拖到了第二天。萧锋从日喀则回来发现这一现象后，几次在会议上提出意见，并建议当天新闻当天报应作为一项制度固定下来。为此，萧锋以身作则，坚持从自身做起，保证当天任务当天完成。新闻稿件播报，需要领导签字把关，有的稿件需要组长签，有的需要主任签，特别重要的还要厅长签。萧锋遇到过几次特殊情况，稿子形成时，已经下班了。为了找领导签字，他骑着车子满城跑。记得一天晚上，萧锋骑着车子找主任，回来的路上掉进深沟里，摔得鼻青脸肿，第二天上班时，脸上贴了三块创可贴。他的这种执着精神感动了全厅上下。格桑厅长在大会上高度评价了萧锋的工作作风，并根据萧锋的建议，就新闻时效性制定了相关制度。

听完萧锋的简单介绍，文杰说道：“我来援藏快两期了，做出的成绩还没你多。我的成绩就是一部《江孜之战》，可到现在还没拍出来。你是后来居上呀！真是后生可畏！看来我要响应厅长的号召，好好向你学习。”

见文杰这样说，萧锋红着脸大声阻止他道：“快别说了，你还让不让人家活了。”

月　光

文杰说得一点不错，两年时间很快就过去了。萧锋圆满完成了援藏任务，向组织交出了一份合格答卷。

他太累了，回家后整整在床上睡了两天两夜。舒华像只小猫一样蜷缩在他身边躺着，两眼看不够似的一直盯着萧锋的脸。萧锋的沉睡让她有些害怕，怕他是不是得了什么怪病，过一会就用手在他鼻子下试一试看是否还有气。

萧锋慢慢恢复正常后，舒华便缠着他讲援藏故事。萧锋给他讲了在拉萨严重骚乱期间，自己一个人冒着生命危险在街头采访、照相，写稿件、写内参，获得西藏自治区平息拉萨骚乱先进个人荣誉称号的事。当他把奖章和奖状拿给舒华看时，舒华惊呆了：“吓死我了，怎么这些我一点不知道，你在信中不是说骚乱期间你一直待在屋里，非常安全吗？”

萧锋一本正经地对舒华说：“我们援藏人员对家人都有一个原则，那就是报喜不报忧。”

舒华在萧锋脸上轻轻地拧了一下道：“还有什么没交代的快讲。”

当萧锋把自己醉酒差点被野狗吃了、喝牛血、在中印边境被野狼拱帐篷的经历讲给舒华听时，她哭得跟泪人似的。她对丈夫又疼又爱，紧紧地抱着萧锋，就像抱着一个失而复得的宝贝，生怕再被别人抢了去。

萧锋见舒华哭成这样，知道不能再讲援藏那些苦事、吓人的事了。他亲了亲舒华脸上的泪痕，继续说道："藏族人对藏传佛教的信仰是世界上任何一种宗教都无法相比的，你知道什么是磕长头吗？"

"是趴在地上很长时间不起来吗？"舒华根据自己的理解回答道。

萧锋看了看舒华趴在床上搞笑的样子说道："不是这样的。双膝下跪的时候，整个身子向前趴下，就像书上说得五体投地，双手向前，双腿向后伸直，脚到指尖碰到的地方这算是一个长头的距离；然后站起身，走到刚才手指摸到的地方，再俯身继续向前。"

萧锋喝了一口舒华递过来的蜂蜜水，继续说道："有的藏族村落，每年秋天便开始全村集资，然后从村里选出一个年轻力壮的小伙子。在举办隆重的送行仪式后，小伙子就开始磕长头到拉萨朝佛。舒华，你想想，从十月份开始，这个年轻人除了吃饭睡觉，就是在路上磕长头，有的磕着长头要过昆仑山、唐古拉山，有的要过藏北草原，那是多远的路呀，有时来回要近一年的时间，你敢想象吗？"

萧锋把杯子递给舒华，眼中闪着一种异样的光芒："在拉萨我有时会看到，磕长头的人很久的时间只向前进了很短的距离。那个画面我现在还清楚地记得，就像印在脑子里一样——晚霞映着他的背影，也给他镀了一层金边，在远天旷野、尘土飞扬中，他显得既渺小又醒目。看着他一步一俯，我心里便莫名的好一阵悸动，如果当时换成了你，你会哭出来的。小伙子一步一磕地到了布达拉宫后，他代表村里每一户藏族百姓念经祈福，把全村老少托付的钱捐给寺庙。这时候——这个小伙子一辈子中最光辉的时刻——布达拉宫或者是大昭寺的活佛为他摸顶，披哈达，再祈祷，降福。那个完成仪式后的青年藏民的脸，你没有见到，如果你看见了也一定会被感染到的，那种喜悦、那种激情、那种感动……你很难想象一个人能获得那种程度的快乐！舒华，你知道吗，第一次看到这种情景，我当时就热泪盈眶了，那个小伙子在那一时间的快乐不是小孩子拿到糖果的快乐呀，那是一种淡泊平和的老人才会拥有的巨大快乐，你明白我说的意思吗？舒华！呵……等这个仪式一完，小伙子就带着祝福走回村子。到了第二年新的送别仪式又开始了……"

仿佛是受到谁的鼓励似的，萧锋越说越激动，连呼吸都不均匀了，这时却戛然停了下来。过了很长时间，他才道："咱们都是俗人呀，这辈子估计都感受不到那种喜悦了。"

已是深夜，萧锋脸上的疲倦已无法掩盖，而说这段话的时候，他的眼睛却炯炯有神。舒华依偎在他的胸脯上。眼前的男人让她感觉既熟悉又陌生。微暗却尚可辨认的弱光给萧锋的脸染上了金属的色泽，高耸的鼻梁与眉峰一动不动，像是一尊塑像。从西藏回来，萧锋有了不小的改变。他黑了，瘦了，却愈发显得精神。靠在他身上的舒华觉得他的骨头似乎都比之前更硬了些。还未及而立，在妻子的眼里，他却像一棵经霜历雪、不畏严寒、可以挡风遮雨的古树。躺在他身边，舒华感到无比踏实。

"瞧你说的，当俗人咋啦，我就觉得当个俗人挺好的，俗人也有自己的快乐。"说着话舒华莞尔一笑，紧接着打了个哈欠。

"是不是困了？睡吧，明天是周日，正好可以睡个懒觉。"

"不困，还不困。"舒华抢道："要不，你再给我讲讲你那篇获奖的报道吧。"

"报道你不都看过了吗？"萧锋突然腼腆了起来，"其实也没什么特别的……”

舒华却来了精神，“你可是不知道，得知你获奖啦，把爸妈高兴的啊，拿着你寄来的稿件，读上一遍，摘下眼镜呵口气擦一擦，再读一遍，脸都快贴到稿件上了。本来从西藏来的消息就不多，很快又”，舒华顿了顿，接着道：“不过也没高兴几天，你那边就因骚乱中断了消息。你知道爸妈多着急吗？四处打听，我也急得不行，却完全帮不上忙。后来咱妈就住院了，我知道她那是急出来的病……也是想你想的。我去看她，她一直念叨着你的名字，一下子苍老了许多，哭得眼皮都耷拉下来了。那阵子一点你的消息也没有，她的病一直拖了好久才好，真把我们急坏了，当时我真后悔同意让你走。”

“呵……”萧锋长吁了一口气，然后轻声说道：“明天陪我去看看爸妈吧。”

“嗯。”妻子的声音在这黑夜中显得更加轻柔，混合着窗外洒进来的月光，爱抚般安慰着萧锋起伏的心绪。

承 包

两年多前，萧锋为了援藏的事情，曾与父母一度冷战僵持。护子心切的母亲不同意自己援藏情有可原，可父亲是在革命年代中经过枪林弹雨洗礼的干部。他说起在和平年代生长起来的年轻人总不以为然。他称萧锋为“三门同志”，说他出家门就进学校门，出学校门就进机关门，没吃过苦、遭过罪，经不住大风大浪。而这次援藏对萧锋来讲正是经风浪、练搏击的最佳机会。父亲却又和母亲站在了一条战线上，舍不得儿子远走了。

那场冷战最终以父母的退让妥协收场，可当萧锋真正如愿以偿地踏上远赴西藏的行程时，他深深地理解了父母的舐犊之情。现在他回来了，成熟和历练更使他觉得亏欠了父母。因此每逢周末都会去陪父母，讲讲在西藏的见闻，说说工作上的境况，自是报喜不报忧。

比起父母，萧锋对妻子舒华的感情则混合了多种情愫。当年他做出援藏决定的时候，全家人只有妻子与自己站在一条战线上，他知道这两年的分别对新婚的妻子来讲意味着什么。因此对妻子的感情除了亲情、爱情外，还有感激。

这天萧锋来接舒华下班，看见许多人围在招待所的告示栏前，里三层外三层的，人们抱肩私谈，交头接耳。萧锋正想上前看看，这时舒华满面春风、笑中略带神秘地跑了过来，身后还跟了一群所里的姑娘们。没等萧锋开口，她身后一个女伙伴撩开眉眼，笑着对舒华打趣道："哎哟，大华子，什么时候换了一个啊！怎么也没跟我们说呀？"

"去去去，谁换了，没大没小的……"舒华边说边笑着把她们推搡开。姑娘们发出银铃般的笑声，结伴离开了，还时不时地回过头来挤眉弄眼。

此时萧锋的面貌还没复原，仍有从高原上带下来的痕迹，瑟瑟柴柴的头发，黑里透红的皮肤和略肿的嘴唇。他也知道她们是在拿他的样子开玩笑，并不生气着恼，只是憨憨地笑。舒华挽起他的左臂，萧锋推着自己那辆擦得锃亮的"永久"，两个人肩并着肩走出了招待所大门。

舒华迫不及待而又略有顾虑地开口道："你知道我们所，前两年的时候开了一家多功能歌舞厅——你还去过的，就是那年你援藏的时候给你送行的地方，你当时不还说装修挺气派的——就是经营得不怎么景气，连着赔了两年。所里现在也挺急的，就搞了个内部招募，想实行承包经营，刚才围在告示栏前面的那些人就是在看招募启事呢。”

舒华热切的语气已经让萧锋多少明白了一些，他问道：“哦，承包经营，虽然不算是新东西了，可在你们所这也算是头一遭了。”

“可不是吗？其实之前已经有一个男的，挺年轻的，野心勃勃地试着包了一阵，也没挣到钱，没坚持到半年就退出了。听说是血本无归。所以这次就重新招募了。”舒华饶有兴致地对萧锋道。

“哦，有人承包吗？”萧锋问道。

“还没呢，小五说——就刚才那个女孩子——她说第一个敢吃螃蟹的人，肉没吃着，还把牙给硌了，大家就更没动静了。”舒华顿了顿，说道：“承包人每年要给所里五万元的承包费，人员工资、水电费、其他成本什么的都由承包人自行负责。”

看着说话时眉飞色舞的舒华，那散发着热力的目光让萧锋心头一振，看上去虽然只是一点星火，却仿佛蕴含着火山般的热力。那目光不同往常而又似曾相识，猛然让萧锋想起援藏前的自己。那时自己的眼神与舒华现在的眼神简直一模一样。萧锋突然明白了为什么当时全家人都反对而妻子却会坚定地支持自己。

“小锋，你觉得怎么样？”舒华的语气里充满了跃跃欲试。

“你是不是想试试？”萧锋问道。

“你怎么知道的？我确实有想过。”

“还记得那年过年的时候，你带了一对瓷娃娃去我家，我说‘这一个是你，这一个是我’，你的脸马上就红了，那时候你怎么不问我是怎么知道的啊？”萧锋故意调侃道。

舒华的脸一下子红了，嗔道：“讨厌，你这个人——说正事呢，我问你到底是怎么想的嘛？”

萧锋看着正仰脸看着自己的舒华，明亮的眸子中倒映着蓝天和自己的脸。时值春末，万物都透露着一股包藏不住的争先恐后般向外溢出的生命力，欣欣向荣。再看看舒华，萧锋笑了笑，说道：“如果你想要试试，我同意，并且全力支持。”

“真的？你真同意？太好了。我真没想到。你知道我在所里就是做招待工作的，大领导小人物我都服务过的，歌舞厅不就是招待客人唱歌跳舞的地方吗？我也问过饮料零食什么的从哪里进，小五她们都告诉过我。就是音响设备什么的我心里没底。你知道吗？我都想了好几天了，就怕你不同意。没想到你一下就同意了。”舒华喋喋不休语无伦次地表达着她的喜悦，像一只发现了大片无主麦粒的麻雀般蹦蹦跳跳，这会儿如果不是在大街上，她真想上去一把抱住萧锋，做出更加亲昵的举动。

“不干，不干不干！”当萧锋把舒华想承包歌舞厅的想法告诉母亲时，母亲想也没想就脱口而出：“舒华的工作做得好好的，工资也不比别人少，够吃够喝的可以了。生活安安逸逸的，多好！再说你俩一个月也就挣 200 多块钱，要是赔了怎么办？想过没有？拿什么赔给人家？”她边收拾饭桌边说。舒华也在旁边帮忙，只是手脚没有平日里麻利。

“妈，你怎么一定认为会赔呢？你又不是不知道舒华，她勤劳肯干，很有经济头脑，我看行。退一万步讲，真赔了，所里还能吃了我们不成？”在劝服母亲的时候，萧锋只能孤军作战。他知道即使婆媳关系再好，这时候舒华最好也少说话。

“就算能挣钱，就好了？惹得邻里同事们嫉妒、眼红，你们就舒服了？不管是挣了还是赔了，都会里外不落好。你们又不是缺钱花，何苦呢？”母亲又搬出一套新的理论。

见没法立刻说服母亲，萧锋转而向父亲问道：“爸，你的意思呢？”

“你妈说的有一定道理。”父亲一向话少，此时正坐在一把比萧锋岁数还大、已经看不出原本颜色的藤椅上，沉吟半晌说道：“个人承包公家单位，在咱们这算得上是新事物了。就算政策上允许，对待新事物也要小心一些为好。”父亲咳嗽了一声接着说道：“不过你们现在都长大了，可以自己做决定了。该怎么做不该怎么做按你们自己的想法办就好了。”父亲说完这些话又拿起了手里的报纸。

听了父亲的话，萧锋知道已经峰回路转了，精神为之一振。

“唉！你们也长大了，我看你爸也没有原则了，既然都同意，那我也不管了。可干归干，一定要小心呀！”母亲听完丈夫一番话后，无可奈何地补充道。家里的事情虽说都是她在里外张罗，但在大事情上她是不会违丈夫意的。

“小锋胆子大，耳根子硬，舒华承包的事，肯定都是他在背后鼓动的。好了，不说这事了，来舒华，坐我旁边，《编辑部的故事》要开始了，是哪个台来着？也不知道李东宝和戈玲和好了没有。”母亲说着，示意舒华坐在自己身边。

“六台，妈。”舒华应着端着杯水坐了过去。

“这片子我也爱看——可算不看《渴望》了，整天哭哭啼啼的，弄得心情都沉重，还是老娘爱看的喜剧好，喜剧好。”萧锋急忙接过话题，同时看了舒华一眼，四目相对。两个人心中同时发出欢呼声。

在签订承包合同前，萧锋对舒华说：“你就放开手脚大胆去闯吧，这个家有我撑着呢。只要有我，好坏少不了一间屋一口饭。”

看着萧锋坚定而满怀期许的目光，舒华心中陡然升起一股混夹着感动的神圣感。那个磕长头去拉萨的朝圣者的身影无缘无故地出现在了她脑海里。她又看了一眼贴在床头的一段话：从来女子做大事，九苦一分甜，千折百转，机会一闪，细思量没有过不去的关。

这段话是萧锋从电视剧《上海一家人》的片头曲里摘抄出来的，一本正经地送给舒华。当时舒华看了笑道：“我这算是做的什么大事啊，你做的才算是大事。还有，这甜头也太少了吧，才一分，这怎么够？我要九分，不对，要十分甜呢。”话虽这样说，舒华仍规规整整地把这段话贴在了床头，时不时地看上两眼。

年轻人终归逃脱不了活泼的天性，在签合同交押金拿钥匙之后，舒华和萧锋在歌厅里连唱带蹦了整整一天，像两条从水缸跳到汪洋中的鱼，恣意享受着无边大海带来的快乐。两个人最后筋疲力尽地瘫坐在椅子上，直喘粗气，脸上满是欢畅喜悦，仿佛这间歌厅已经属于他们似的。

洗 脸

因为援藏期间的突出表现，萧锋被组织提拔为政文组组长，原组长林之鹰升任为新闻部副主任。令萧锋特别高兴的还有一件事，就是周平原也从后勤部门调了出来，出任编辑部主持工作的副主任。

刚上班，萧锋想给文杰打个电话问候一下。文杰从西藏回来后，已成为知名导演，整天忙着去外地拍戏。两人很难见上一面。

萧锋拿起听筒刚要拨号，表哥周剑云推门走了进来。周剑云是萧锋大姨的儿子，比萧锋大几岁，是省京剧团的演员。遇有好的演出，周剑云会经常送票过来。戏看多了，萧锋渐渐喜欢上了这门国粹艺术。

这几年，改革开放了，京剧团也活了起来，不但一些传统剧目复活了，而且开始走出国门。周剑云赶上了好时候，经常参加出国演出。日本、东南亚、欧洲……周剑云去过不少地方，有时回来还给萧锋带塑料杯子、录音带等小礼品，令萧锋羡慕不已。

见周剑云到来，萧锋热情相迎。他看到表哥脸上起了一小片红疙瘩，以为是长粉刺，便开玩笑道："怎么又焕发青春，长痘痘了吗？"

"什么焕发青春？化妆过敏。"周剑云冷脸说道。

萧锋见周剑云一反平常嘻嘻哈哈的状态，知道他遇到了不开心的事，便收拢笑容："怎么了，谁惹老哥生气了？"

周剑云也未答话，一屁股坐在沙发上。

萧锋递上一杯茶，说了几句话便听出周剑云闹情绪的原因。原来省京剧团给部分业务骨干上调工资，周剑云因群众评议得票不高，没能进入调资名单而心情郁闷。周剑云在单位人缘非常好，参加工作后，几乎年年先进，家中奖状有一大卷。过去，只要上调工资他肯定是头一波，所以这次被落下，他有些受不了，气得两天没正儿八经吃饭了，一见饭就饱。

知道周剑云生气的原因后，萧锋宽慰他道："别生气，这次调不上还有下次，工资也不是只调这一次。"

听了萧锋的劝解，周剑云猛地从沙发上站起来道："调不调工资无所谓，我倒不是在乎那点钱，关键是还有没有公道？我累死累活地干，什么工作都比别人干得多，为什么调整工资没有我？你说我是不是业务骨干？就拿上个月去日本演出，我一个人顶七个人用，你知道吗？"

一个人顶七个人用？萧锋知道表哥翻跟头翻得不错，但在省京剧团只能算是跑龙套式的人物，所以他疑惑地看着周剑云。

周剑云见萧锋不解，便详细解释起来。萧锋听了半天才弄明白。原来出国演出时，为节约开支，剧团尽量把演员数量压到最低。周剑云因为勤快、人缘好，加上又会翻跟头，所以几乎每次出国名单中都有他。演出时，他一会儿扮太监，一会儿翻跟头，一会儿后背上插四杆旗站在那，一刹儿也不得闲。上次在日本演出，一晚上十出戏他竟出场七次，真正的顶七个人用。

见萧锋听明白了，周剑云指着自己脸上的红疙瘩道："老弟，你知道京剧画脸谱都用油彩，卸妆很难，我一晚上换七次妆，洗七次脸，过敏后满脸红疙瘩，有的地方连皮都搓掉了。"

周剑云是个老实人。看来这次没调上工资，他是真想不通，有话无处说，所以才找萧锋诉苦，以排解心中的不满。

萧锋知道表哥已经钻到牛角尖里去了，必须刺激刺激他，才能使他走出来。于是道："老哥，我替你分析一下你这次没调上工资的原因，你想听吗？"

"当然想听，你说。"

"我说的不对你可别发火呀！"

"怎么会呢？"

"我分析主要原因是群众评议中你得票低，而且有人嫉妒你，特别是嫉妒你出国。"群众评议得票低这一原因实际是周剑云自己说出来的。

萧锋的话正说到周剑云的心坎上，他忙把快到嘴边的茶杯放到茶几上，急急地道："你说这话一点不错，他们就是嫉妒我，嫉妒我出国多，因为出国既能见世面，又能得到三百元的服装费和其他补贴。要是没有出国这事，这次调工资我肯定没问题。再说出国是领导定的，也不是我争着要去的，我哪里错了？"周剑云说完后见萧锋还未答话，又接着说道："老弟，我看你去西藏两年，又镀了金，又提了官儿，水平确实大不一样。"

"你先别拍我的马屁，我问你，和你一块出国的主角都上调工资了吗？”萧锋话锋一转问道。

“都上调了。”周剑云如实答道，

“为什么大家嫉妒你而不嫉妒主角？主角也出国呀？而且他们的工资还高，这事你想过没有？”萧锋看着周剑云的眼睛问道。

周剑云一时不知如何回答萧锋提出的问题。心想，是呀，大家为什么不嫉妒他们呢？

见周剑云不回答，萧锋便替他答道：“因为大家认为主角出国是天经地义，主角的活儿别人顶替不了，但团里不乏一个人能顶七个人的人。”

萧锋知道这话说得重了些，忙缓和道：“你知道人世间讲究平衡吗？就是老百姓常说的好事不能都是你的呀！你出国了，额外还有三百元的服装费和其他补贴，涨工资又跑在前面，你说这公平吗？这次调不上下次再争取，再说不是还有一句话叫‘见困难就上，见荣誉就让’吗？你是老先进，你说是吧。”

萧锋这番话说得很实在，虽然有的话不好听难入耳，有的话还是大道理。但周剑云彻底听懂了，听明白了，几十天的思想疙瘩顿时解开了。他清楚，萧锋是在刺激自己，也只有萧锋能这样给自己说话。心里虽这样想，脸上的表情仍很尴尬，他红着脸冲萧锋点了点头。

萧锋知道周剑云的思想问题解决了，心里非常高兴。为了不让表哥再在别人面前提起一个人顶七个人的事，萧锋狠了狠心继续挖苦他道：“你知道吗？京剧海报上写的都是谁谁主演什么角色，梅兰芳主演杨贵妃、马连良主演秦琼，可没见哪个海报上写谁谁一晚上洗几次脸的。”

尽管知道萧锋是在刺激自己、不让自己再提一人顶七人的事，但周剑云仍半开玩笑似的在萧锋屁股上狠狠地踢了一脚。

广 告

歌舞厅开张时，百废待兴，萧锋想多去帮帮忙，可单位一大摊子事，心有余而力不足。自己是主持工作的组长，一上来担子就这么重，加上经验不足，常常感觉捉襟见肘，幸亏可以经常向周平原请教。这才勉强支撑下来。

星期六下午，萧锋一直忙到晚上八点多才完事。他饭也没顾上吃，骑上自行车便往空军招待所赶，进了歌舞厅，四下一看，发现偌大的舞厅一个顾客也没有，只有五彩灯球的流光自娱自乐般划过错落的水晶吊灯，组合音响兀自放着《像雾像雨又像风》——“你对我像雾像雨又像风，来来去去只留下一场空……”——悠扬的歌声在歌厅里飘荡，大厅更显空旷。

“怎么——又是没有客人吗？”萧锋问道。

舒华看了萧锋一眼，略微难堪地笑笑。笑过之后又胸有成竹地说道：“刚开业呢，没几个人知道，等一宣传，大家都知道了就有人来了啊。”

萧锋又问：“那些服务员呢？怎么就你自己啊？”他这样说着，心里不免拨起了算盘，从开业到现在，各种费用加一起已把这几年攒的家底全花完了，要是接下来歌厅还是门可罗雀，下个月连服务员的工资恐怕都成问题。

“我让他们发传单去了，要不然别人怎么知道咱们‘军中歌舞厅’重新开业了呀。”舒华的脸上仍然带着做接待员时职业性的微笑。

“传单？”

“对啊，传单。我找人印了点免费的门票——我想啊，只要有人进来，就不愁挣不到钱。”

萧锋一听乐了，说道：“没想到你还真有办法。”

“不止呢——我白天的时候还跑到市电信局 BP 机营业部去了，打了五百块钱的广告。”舒华邀功般地说道。

“哈，还真是生意人啊，这就已经吆喝上啦。”萧锋嘴上说着，心里更为舒华捏了一把汗。

“那是，不吆喝怎么做买卖呀。”

两个人正倚着柜台说着话，这时从外面走进来三个穿着相同裤褂的人，两个愁眉苦脸的，还有一个怒气冲冲的。三个人手里都拿着半打花花绿绿的纸条。

“舒经理，我们被人给打回来了。”其中一个委屈地说道。

“要不是你拉着我，我倒要问问他们，凭什么不让发。还敢打人。”说话的人叫侯勇，此时怒气仍然未消。

“你还说呢，非要到人家歌厅门口发，人家不打你打谁啊？”另一个服务员说道。

“这大街是他们家的啊，还管得着我在哪里发吗？都是你们拉我，让他们以为我怕了。”侯勇气得腮帮子一鼓一鼓的，眼睛瞪得老大。

“在人家的地盘上，他们人那么多，真动起手来咱们肯定吃亏。就这，你看看，舒华经理，你看看——”说这话的那个服务员转过身来，指着自己裤子的背面又说道：“我因为跑晚了点，让他们给踹了一脚。”

舒华低头一看，险些笑了出来。那个服务员的裤子上清清楚楚地印着一个黄土脚印。脚印在深色工装裤上异常明显。“快拍拍，疼吗？”舒华一边问着一边想，他这么长时间不拍打掉，带着脚印回来就是为了给自己看看，心里想着，嘴都咧开了又硬生生地把笑容压了回去。

“疼倒是不疼。”那个服务员支支吾吾地说道，这才轻轻地拍去了裤子上的脚印。

萧锋和舒华同时被他那委屈的样子逗笑了，舒华道：“今天就这样吧。你们早点回去休息休息，养养精神，明天发的时候换个地方就是了。”

“你看你那个怂样子，当时要不是你拦着我，我非……”侯勇和另外两人往外走的时候仍兀自说着气话。

“你知道是哪家歌厅吗？”萧锋向舒华问道。

“这还能不知道，附近就东方红剧院一家歌厅。唉，不过也怪不得人家，在人家门口发传单，抢人家饭碗人家还能不打你。”舒华刚才的笑容仍挂在脸上，同时又叹了口气。

瞌　睡

与往年一样，省人大、政协会议在三月份召开。省广播电视厅特别成立了“两会”报道组，专门对“两会”进行报道。广播新闻组由萧锋带领夏东明和顾雁三人驻会。夏东明和顾雁都是年轻的老记者，驻会采访对他们来说轻车熟路，一点压力也没有。在培养年轻干部方面，萧锋比较开放，让他们解放思想、大胆工作，尽量写出观点新、有思想、有新意、有见地的稿子。他不喜欢老一套的“八股文”。

会议从报到那天算起，不到两天的时间，夏东明、顾雁两人就写出七篇新闻报道，播出后社会反响良好。这样一来，萧锋就更加轻松了。他特意拿出时间把这几天的稿子与往年“两会”的新闻稿件进行比较。比较之后，他感觉夏东明、顾雁他们进步很快。萧锋为他们所取得的成绩感到由衷的高兴。

今天，邵钟毅省长在人大礼堂作政府工作报告。会场座无虚席，代表们都在认真地听、认真地记，省电视台的记者架着摄像机，楼上楼下地忙活。夏东明和顾雁已经把稿子写好了，悠闲自得地坐在记者席上。他们四下张望时，无意间发现有个别代表在打瞌睡。会议结束时，顾雁跟电视摄像记者小靳谈及此事。小靳说，他楼上楼下一共发现有三名人大代表和两名政协委员开会时打瞌睡，还有一名代表打起了呼噜。

小靳的话触动了两名年轻记者敏感的新闻神经。他们思路萌发，不一会就以此为主题，整出来一篇新闻特写，题目是《盛事中的憾事——省人大政协会上不该看到的一幕》，写好后马不停蹄地送到萧锋房间。萧锋一看，连称角度好，并加上了几句“编后语”：“人大代表，政协委员，参政议政，共商国是。你们的任务是何等光荣而艰巨，遗憾的是你们以这种精神不振的状态出席全省大会，又怎么能担负起人民的重托？又怎么能制定好全省改革发展的大计？请这几位代表和委员自省，改正错误，以饱满的热情继续开好后面的会议，认真履行职责，为国家发展献计献策。”当天晚上八点的《全省联播》和第二天早七点的《早新闻》节目播出了这篇新闻稿和“编后语”。

新闻播出后，萧锋先后接到好几位朋友的电话。他们都问同一个问题，就是这条新闻播出后没出事吗？上级领导没追查吗？问得萧锋心里没了底。电话铃声一响，他就心惊肉跳的。

每每遇到难题，萧锋便给周平原打电话。

“批评新闻我听到了，怎么出事了吗？”电话里传来老组长熟悉的声音。老组长真是料事如神，还没等萧锋开口便知他要问什么。

“没有。只是新闻播出后，我接到了好几个电话，他们担心出事，所以我给您来电话问问，会出事吗？”萧锋心怀忐忑地回答道。

“没出事就好。”

“您怎么看这件事？”

“稿子写得不错，编后语也厉害。可我认为有些过，此类稿子以后还是少写为好。”

“可前两天我看到报纸上有篇局级领导因在会场上睡觉被处分的新闻？”

听到萧锋有不同观点，周平原缓了缓口气道：“我不是说他们睡觉对，批评是对的，但做人要宽容。你想过没有？人大代表、政协委员中有年龄很大的。”停顿片刻，周平原继续道：“听了这篇新闻后，我认真地想了想，在会场上打瞌睡的原因大概有这样几种，一种是晚上喝酒打牌，不休息；一种是工作任务重，晚上加班没休息好；还有一种是年龄大了，有神经衰弱等病症，你说是吧？不知怎的，我最近上班时老打哈欠；在家中有时坐在沙发上就睡着了，我老伴说我是未老先衰，也可能是自身的情况使我有这样的体会，说的不一定对。”

听了老组长一番话，萧锋久久没有放下听筒。

惧内

星期天上午，萧锋和舒华哪也没去，在自己的小家里等候杜江鹏小两口的到来。

杜江鹏是萧锋的大学同班同学，也是最最要好的朋友。当年，以杜江鹏的能力，完全可以进入北京名牌大学。因为山海师范学院学费低、花费小，所以杜江鹏最后选择了山海师范学院。杜江鹏文笔极好，经常在报纸杂志上发表文章，在学校属明星级人物，毕业后在省信息中心工作。整个班级中唯他走进了省政府大院，令同学们很是羡慕了一阵子。萧锋援藏期间，听说杜江鹏结婚了，对象叫王丹丹，市国棉一厂厂花，长得如花似玉，同学们说起这事都酸溜溜的，说杜江鹏祖上一定是开医馆的，积了大德了。

约九点半时，门铃响了，萧锋开门一看，杜江鹏两口子像面粉厂工人一样出现在眼前，他俩的上衣、裤子、鞋全是白的，脸上也像抹了一层白面，只有眼睛和鼻子下露出一点肉色。

原来杜江鹏是骑自行车带着王丹丹来的。为走近路，他们要骑车穿过一个建筑工地。因杜江鹏戴着眼镜眼神不好，骑着车子一头拱在了一个大石灰粉堆上，气得王丹丹指着杜江鹏的鼻子骂了半天。

萧锋见杜江鹏两口子如此狼狈，忙让他们到厕所洗澡。他俩洗完澡后换上了萧锋和舒华的衣服。这是萧锋第一次见到王丹丹，以前只是听说她漂亮，刚才一脸石灰粉也看不出丑俊，洗完澡一看长发披肩，柳眉凤目，果然如出水芙蓉一般，特别是舒华的衣服穿在她身上有些紧，更显得身材火辣，楚楚动人。

萧锋和舒华领着他俩参观了自己一室一厅的房子后，舒华便与王丹丹在里屋拉家常，萧锋和杜江鹏坐在客厅沙发上喝茶聊天。

王丹丹给舒华带来一个白布床单，说是厂里发的福利。舒华给了王丹丹一件女军上衣，王丹丹穿上很合体，称自己非常喜欢。两个人一会儿聊头发，一会儿聊皮肤，一会儿聊各自单位的趣事，屋里笑声不断。

萧锋和杜江鹏几年未见，有说不完的话，恨不得一口气把几年的话都说完。萧锋把自己的援藏经历说给杜江鹏听时，杜江鹏听得目瞪口呆，惊恐中透着羡慕。

“好了，我把援藏的情况都向你汇报了，你赶紧给我讲讲你在省政府的工作情况吧。”萧锋笑道。

杜江鹏苦笑了一下道：“你别挖苦我了，信息中心只是省政府所属的一个事业单位，我哪是在省政府工作呀。而且我至今还是大头兵一个，哪比得上你，你当上了正科级干部，又援过藏，家境又好，前程似锦。不瞒老同学，毕业后这几年，我是要什么没什么，真可谓一事无成，两鬓尚未霜呀。”他叹了一口气道：“你知道我在省政府大院工作最怕什么吗？”

杜江鹏见萧锋摇了摇头，便解释道：“最怕老家来人。你知道我老家在农村，来了人又要吃饭又要办事，招待不好、办不了事又怕他们回去埋汰我。”萧锋看杜江鹏说这话时，唉声叹气，没有一点大学时的风采。

杜江鹏吃了一口萧锋给他削的苹果，继续说道：“我给你讲个笑话吧。因为我们单位在省政府大院，所以老家不知谁传的，说我在省政府给省长当秘书。一天老家来了个村副主任，说儿媳在县二中当老师，如果能获得省级先进工作者，可长一级工资，拿了个自己打印的学校先进工作者证明，非要让我给盖上省政府的公章不可，我解释了半天也没用，最后他气呼呼地走了，走时还口口声声说我不办事。”

本来，萧锋以为杜江鹏是同学中过的最幸福的一个，没想到竟是这种状态，此时他理解了一句话“人都是看着别人过得好”。为了转移话题，萧锋说道：“同学们都说你老婆漂亮，今天一见，果然貌若天仙、名不虚传，你小子艳福不浅啊。”

听了萧锋的话，杜江鹏向萧锋身边靠了靠，压低声音道：“不瞒你说，我和王丹丹结婚也是错误的选择。当时我看上了她的美貌，她看上了我的虚名。现在知道了，我一个农村孩子，家境不行，她想要的东西我根本给不了。不怕你笑话，结婚后，我感觉自己越来越窝囊了，在家里说话毫无底气，甚至患上了‘妻管严’怕老婆的病。”说到此，杜江鹏长叹了一口气道：“这个话题一言难尽，有空咱俩再聊吧。关于婚姻问题，这是我第一次给朋友说真心话。”

杜江鹏能说出这样的话，令萧锋始料不及，心想同学几年不见，一切都变了。为了缓解尴尬局面，萧锋忙打圆场道：“怕老婆是再正常不过的事了，我在家也很怕老婆。中国古代好像有个唐国公的曾经说过，惧内，怕老婆很正常，洞房中女子美得像菩萨一样，谁不怕菩萨呀？生育后，为保护孩子她们像母老虎一样，谁不怕母老虎呀？老了以后，她们头发也掉了，牙也掉了，像女鬼一样，谁不怕女鬼呀？”

说完后，两人便哈哈大笑起来。

愁 奖

随着歌厅生意一天天好起来，舒华下班关门的时间也越来越晚了。吃的就是赔笑脸的饭，只要有一个客人还在就不能赶人。萧锋不放心舒华半夜自己回家，便到歌厅去接她。这一来更苦了萧锋，舒华是晚睡晚起，而萧锋为了不耽误自己的工作，只能晚睡早起，经常是到了起床的点却仍困得睁不开眼。好在人年轻，底子好，苦撑硬熬也慢慢地习惯了。

这天上午，萧锋上班时突然发现组里的人个个无精打采，连平日里最为开朗活泼的夏东明也是闷闷不乐的样子。

“怎么了这是，一个个都跟没了魂似的。有什么事吗？”萧锋问道。夏东明是自己的得力干将，两人无话不说，自然先问他。

“组长，你也知道，上边——广电厅年初就说搞内部财政改革，先从电台试点搞经费包干，大家一个个的，还不都是为了这事。”

“知道啊，这怎么了？”

“哎哟，我的大组长哎，这马上年底了，奖金可就看给台里拉的广告了。你看看对门工企组，人家接触的对象是工商企业，广告多得播都播不完；再看看咱们组，接触的不是政府事业单位，就是学校，去哪里拉广告啊？没广告，就没奖金，谁能高兴得起来？我算了算，咱全组拉过来的广告，加一块儿也就三百块钱，还没人家一个人的奖金多呢。人比人气死人，谁还有劲哪？”夏东明抱怨道。

“哦，是这个原因。行了，知道了，我想想办法。”萧锋沉吟道。

“没奖金就没动力喽，原先都想往政文组里挤，现在又都想去工企组。”夏东明的语气里不无遗憾，说完话就去准备稿子了。

“没奖金就没动力——”萧锋心里想着，“这也不能说是一个两个人的小问题了，看来真要把拉广告当成组里一件大事来对待。”可是他一直思考到下班去歌厅调试音响，也没理出个头绪。他在歌厅心不在焉的，几次不是把连线插错了插孔，就是把客人的声线调得不像是本人唱的。

舞池中有好几对情侣在跳着交际舞，屏幕前有个大腹便便的秃顶男人在唱歌。他的歌声时不时引得附近几桌客人喝彩叫好。他脸上的羞涩神情也随之渐渐消失了。一曲歌罢，下一个客人想上去唱时，秃顶男人却不想松话筒了。两个人的争抢引得台下一阵哄笑。后面点歌的客人更是急躁，催个不停。

“璐珊来啦，快找个位置，下一首歌就是舞曲，又到你表演的时候啦——”舒华热情地招呼着一个年过三十的女人。这时从门外又进来一位中年男子。舒华急忙迎上去，笑着说道：“上次您来时，想唱《吻别》，没能如愿，我们专门去为您买了这首歌的盘，今天要是想唱，我们就能给您放。”

“快，送把伞上台，”舒华又招呼一个服务员道：“不是交代给你啦，有客人点唱《在雨中》时，只要是一男一女看着像情侣的，你就送把伞给男的，有情调得很，听见没有？”

舒华以前积累的工作经验使她在招待舞厅客人方面游刃有余。服务员也在她的调教下麻利地迎来送往，大有长进。等忙到最后一个客人离开的时候，已将近半夜了。舒华遣走了服务员，一边喝着露露，一边抓起几块饼干就往嘴里塞，没嚼几口便咽进肚里，见萧锋看她，便不好意思地说：“等我吃点东西咱们就回家，好不好？”

萧锋却想着旁的，随口赞叹道：“想不到你还真有经商才能，这歌厅真是越来越兴旺了。”

“这算什么啊，看着吧，只要我用心干，客人会越来越多的，挡都挡不住的。”舒华发现萧锋没回答，走过来问道：“你这是怎么啦，从进舞厅门，我就看你心事重重的。”

萧锋关闭了音响，活动了一下筋骨，说道：“跟你说过的，台里搞改革，搞经费包干，给台里拉到广告才有奖金拿。我们组里在拉广告方面一直没什么起色，正发愁呢。”

“我当什么事呢——拉广告拉广告，你不出去拉，哪来的广告呀。”

“说的还真是，可我没想好，找谁好呢？”舒华的话让萧锋茅塞顿开。萧锋心里像洒进阳光一般。

“那我跟你讲个办法——去报纸上也好，电台电视上也都行，看谁广告做得最多最厉害，你就去问问试试，说不定就成了。”舒华此时把手上的零食吃干净了，扑打了下身上的屑末，想了想又从柜台后面拿了包饼干。

“哦，为什么呢？”

“你想啊，你们组的播出时段播的都是新闻联播什么的，价格又贵，名头又大，一般公司就是想找你们做都不敢来。所以要找就得找那些做过广告的、有实力的大公司啊。所以……”

“哦，我明白了。这么好的办法你是怎么想到的啊，好，就这么办，明天我就去问。”萧锋眼前一亮，深深舒了口气，顿了顿又自嘲般说道：“想不到我这堂堂的省台记者，也要跑出去吆喝生意喽。”像是想到了什么似的，叹了口气又说道：“这社会可真是变了，不知道从什么时候开始，大家对金钱的渴望再也不藏着掖着了，都直接挂在嘴上，这么赤裸裸的了。”

舒华知道萧锋刚才心有所想没注意自己，这会他可是回过神来了。舒华怕被他说，想赶紧把手里的饼干吃完，可饼干噎人吃不快，只得说道："这些天也不知道怎么了，越到晚上越饿。"

"慢点吃，看你这吃相。"萧锋笑道。

"咱回去吧，可是，可是……"

"可是什么？"

"我想拿两块大白兔路上吃。"

"小馋猫，你是饿了还是嘴馋啊？"萧锋看着舒华红红的小脸蛋，刮了下她的鼻子。

发奖

萧锋拉广告一事进行得很顺利，意外地顺利。他愈发地发现舒华是个人才，既有经济头脑又有政治头脑。为什么说她有政治头脑呢？昨天晚上，萧锋坐在沙发上看电视，他高声对舒华喊："你快过来看，副省长在主席台上挖鼻孔！"舒华在厨房忙着洗衣服没过来，只高声回道："那有什么好看的。"说完又补充了一句："这肯定是现场直播。"

后一句话引起了萧锋的兴趣，他忙跑到厨房问舒华："你怎么知道是现场直播呀？"

"你想想，如果不是直播是提前录制好的，领导肯定会追查责任。"听了舒华的回答，萧锋感慨了半天，为什么她能想到的问题，我却想不到呢？搞经济不行，搞政治估计也得甘拜下风。

在"拉广告"之前，萧锋从来没有关注过，自己生活的世界已经被广告淹没了。因为被淹没了，反而习以为常。上班时，为了拉广告，他翻看各种报纸，下班后又关注电视广告。他感觉广告已经对人们产生了潜移默化的影响。“酒香不怕巷子深”的观念已经成了老古董。为了吸引顾客的眼球，商家已“无所不用其极”。在大有铺天盖地之势的各类广告中，萧锋选中了保健品口服液作为自己的目标，并从中选择了两家——“太阳神”和“三宝”口服液。在联系“三宝”口服液公司的经理时，萧锋只是把省电台的招牌一亮，主客关系立马就颠倒了过来，对方的热情大大出乎自己的预料。当萧锋把广告资费标准提出来后，对方连价都没还便一口应允，这大出萧锋之所料。早晨七点钟的早新闻广告，一条十二万，打了三个电话，见了两回面，事情就办成了。

直到合同签下来拿在手里，萧锋还觉得不可思议。十二万元的广告费，给百分之十五的提成，这就是一万八千元！前后用了不到一个星期的时间，挣得了好几年的工资。他回想起来，厅里下达财政包干制度时，所有同事，无论年轻还是年老的，都在抱怨——这抱怨什么，这分明是给了大家一条发财致富的路子嘛。

萧锋认为自己从来不是一个十分看重金钱的人。他不想承认却不得不承认，当他谈成了这个广告合同后，一万八千元的奖金唾手可得，在那一刻他觉得自己仿佛进入了一个新的世界，一个天空高朗、大地辽远、河海壮阔的新世界。

然而他不能表现出春风得意的样子，他生活在现实世界里。组里的其他同事仍旧一无所获。也许是心理作用，每当看到他们面带愁色的时候，萧锋就认为是没有奖金导致的，心里总会升起一阵莫名的羞耻感，好像自己挣来的钱是从其他人手里抢夺来的一样。在和舒华商量之后，他做了个决定，把获得的奖金在组里平分，连自己六个人每人三千元。“割肉”有点疼，但心里却舒畅了许多。

“反正去年的奖金也才二百元，今年即使是三千元，也比去年涨了十几倍呢。”他这样安慰自己。

然而分奖金的事情并没有萧锋想的那样简单。第一个出面阻挠的是新闻部副主任林之鹰。改革第一年由她负责分发奖金的工作。

提起林之鹰，萧锋也不知道为什么，从入职开始就感觉她总是在找自己的麻烦。自从“错字事件”后，萧锋总觉得林之鹰就像是自己工作上的一条难以逾越的沟堑，横亘在前面，跳也跳不过，绕也绕不开。现在这条“沟堑”在知道了萧锋分奖金的决定后，脸上带着似笑非笑的表情，问道：“广告是你个人拉来的，奖金也就是你个人的，为什么要分给他们？”

萧锋反问道：“既然是我的，也就是我们组的奖金了，组里人人有份，不好吗？”

林之鹰似有深意地笑笑道：“这要看怎么说了。本来这条政策是厅里发下来鼓励自主创收的，效果也是有目共睹的。别的组都执行得好好的，谁拉来广告谁拿钱，可是到了你这里就非得改成平均分配。你让别的组里没拉来广告的人怎么想？其他拉来广告的组长是分还是不分？要是不分吧，大家有意见；要是分吧，那广告拉不拉的对个人来讲还有什么区别，那不就又回到吃大锅饭的老路上了么？你这个做法和厅里的政策可不是一股劲啊。”

萧锋被她说得一愣一怔的，自己心血来潮确实没有考虑到这些。可他一来没被吓倒，二来也确实对林之鹰这种上纲上线的说法很是不满，当即生硬地回道：“组里的工作都是大家一起做的。我出去拉广告，他们就要替我多做一些工作，都付出了辛苦的劳动，这才是集体。再说这只是我的个人做法，其他的我没想那么多，也不认为有什么问题。”

“你的想法我也能理解，都在一起工作，你有奖金别人没有，是有点……那你可以先把奖金领回后，再以个人名义发给他们嘛。

你让他们直接到台里领钱，就不对了吧。你总该替别人想想吧，个人英雄主义可要不得啊。”林之鹰听了萧锋强硬的回话，反而用弱化了的口气规劝道。

萧锋本想依着她领到奖金再私下去分，可又担心在林之鹰这留下什么话柄，转念问道：“林主任，我想问问，厅里发的文件有没有规定组长拉来的广告奖金不能和组里的同志分享？”

“那倒是没有，可是……”

“那就请您先把奖金发给他们。如果有什么问题的话，我来承担。”

林之鹰看着萧锋坚定的表情，摇头叹息，萧锋猜不透她叹息什么。

借　房

下午快下班时，萧锋接到传达室电话，说有人找，到楼下一看原来是杜江鹏。萧锋一边笑着上前握手，一边拍了拍老同学的背：“怎么来也不提前打个招呼，也到饭点了，走，找个地方喝上两杯。”说着便拉他进了旁边一家小饭馆，要了几瓶啤酒、两盘水饺、一盘木须肉、一盘花生米。

杜江鹏穿着一身洗得有些褪色的灰中山装，坐下后显得有几分拘谨。萧锋问他有什么事时，他说没有，只是顺路过来看看。

萧锋见杜江鹏心事重重、明显有事相求的样子，问道：“有什么事你就说吧，跟我客气啥！当初你我可不是这么客气啊，是不是在大机关待久了和谁都这么客气，有什么事就说吧。”

杜江鹏解嘲般笑笑，仍是欲言又止的样子。过了好久他才吞吞吐吐地说出缘由——原来王丹丹怀孕了，两个人又都没有分房，住在各自的单位宿舍里，生活得很是不便，问萧锋能不能帮他租一处房。

萧锋稍一沉吟:“原来是房子——这样吧,房子呢我先帮你找着，你和你媳妇先搬到我家来住，我回去就给你腾地方，你看怎么样？”萧锋知道杜江鹏的心性，不到万不得已，他肯定不会开口求助的。

“那合适么？”此时是春寒料峭的时节，杜江鹏的头上却沁出一层亮晶晶的薄汗。

“咱俩谁跟谁啊，再说我家是本地的，我爸妈那也给我们留了一个房间，我们回去住，二老还高兴。就这么定了，我周末就给你腾房子。”说话时萧锋尽量显得无拘束，但两个人之间的陌生感仍使他心中腾起一阵浓雾。

顿了顿，“那——谢谢你了，不久后，我应该就能分到房子，分到后我马上搬走。”杜江鹏并没有继续推让，脸上挤出一丝难堪的笑容。

这时，啤酒和菜都上来了，萧锋和杜江鹏碰了一下杯道：“来，为我们的友谊干杯！”

三杯啤酒下肚，杜江鹏的话这才多了起来。

看来杜江鹏对单位管房子的领导意见很大，他指着酒杯对萧锋说:“现在就是行政处赵处长在卡我的房子,他这个人办事没有原则，谁送礼就给谁办事，除此之外整天只有一件事就是喝酒。”

见萧锋没答话，杜江鹏继续说道：“他现在喝酒已经上瘾了，脸是猪肝色，不喝酒手就抖，工作没精打采，一上酒桌马上就来精神了。你知道请赵处长喝酒时他最烦什么吗？”

萧锋摇了摇头表示不知道。

杜江鹏喝了一口啤酒道：“他最烦酒前致祝酒词。”

“为什么呢？”萧锋不解地问。

杜江鹏端起酒杯边抖边道：“因为他抖着的手把端的酒都抖洒了，他喜欢先干三杯后再致辞，因为三杯后手也不抖了，精神头也上来了。”

萧锋被杜江鹏活灵活现的表情逗笑了，笑着说道：“你这个人不能得罪啊，谁若让你埋汰上了，那真就没法活了。”

杜江鹏明显喝多了，牢骚也越来越多：“我算是看透了——什么都是假的，都是假的。按道理我的房子早就该下来了，可就是到不了我手上。不是我们处出了问题，就是行政处出了问题，和我一块儿进来的都有房子了，可一到我这什么困难都出来了。”

杜江鹏完全沉浸在自己的不如意中，多年来压抑在胸中的苦水无处倾诉。现在遇到了萧锋，正好可以一波接一波的倾倒——领导的轻视，同事的排挤，妻子的讥嘲，无房的难处，老家亲戚的拖累……

萧锋只能偶尔应几声，不停地吃花生米以掩饰心里的失望，面对面听着却不知要如何插嘴。他想起大学时的杜江鹏，那是他最佩服的人，刚直、有抱负、幽默、恃才傲物、意气风发。他们俩也曾在小餐馆里像今天这样把酒畅言，古今中外、志向抱负，无所不谈。那时的杜江鹏虽然也有这样痛心疾首的时候。但那时让他痛心疾首的大多是关乎中国走向、社会进步的大命题。他是全班第一个看《丑陋的中国人》的人。他评论起书中的观点时，也是义愤填膺——现在想起来十分可笑，却也是那么可爱。在酒的作用下，萧锋的面前似乎出现了两个杜江鹏，两个人影在一点一点地重合，却怎样也没法完全合拢。

和杜江鹏分手时，灯火阑珊，萧锋骑车走在路上，路灯打在人行道两旁的树上，树影婆娑，忽明忽暗。酒意微醺，轻风吹拂在身上并没有想象的那么惬意。他没法不去想杜江鹏。他心里好像有一个解不开的乱绳疙瘩结。当看到“军中歌舞厅”的霓虹灯招牌时，他的酒醒了大半，愁绪却越来越清晰。

“怎么去喝酒啦？和谁啊？”舒华依旧笑盈盈的。

“和杜江鹏。”萧锋的口气有点僵硬，像和谁赌气似的说道：“他妻子怀孕了，我答应把咱们的房子借给他住了。”

“哦。”舒华的神色有些意外。

“我没和你商量先斩后奏，你不会生我的气吧。”萧锋看着舒华，突然有些自责。

“没有，就是有些意外，这么大的事情，我们应该商量商量再定，你说是吗？”

低头无语了好一会，萧锋才道：“唉，是我不对，不会有下一次。都因他过得不好，毕业都这些年了，连个房子也分不到，还住在集体宿舍里，关键是他老婆要生孩子了，总不能生在集体宿舍里吧？”

“是呀，他们也真是不容易。房子暂借给他们，我没意见，只是和你父母一块住，我感觉不如咱俩在一起放松。”舒华说着用撒娇的眼神看着萧锋。

萧锋听了舒华的话，心里越发不是滋味。

惊　魂

天气预报说有雷阵雨，可直到晚上雨也没有下。天空中一层深灰压着一层浅灰，低得仿佛触手可及；周围沉闷的像是一口蒸锅，空气稀薄得让人感觉呼吸都要使劲。舒华在歌厅里忙碌着，挥汗如雨；天花板上几只大吊扇一刻不停地旋转，但起不到多大作用，每个人的脸上都是亮晶晶的腻汗。

歌厅的生意一天比一天红火，服务员们一个个忙碌得晕头转向，舒华的身影在客人中来回穿梭。时间在不知不觉中就过去了。

台上一个满脸横肉的中年人一曲歌罢，同来的几个青年男子争相夸赞，声音有粗有细。

“史厂长，您的水平真是越唱越高了。”

“简直是专业水准。”

史厂长脸色涨红，摆摆手道：“说来也怪，怎么就在这里唱得最好呢。”

舒华心知是萧锋音响调试帮的忙，但还是走上前奉承道：“可能是您到我们这来心情好，心情一好发挥得就更好了。”

“对对，说得好。”史厂长脸上横肉直颤，嘴里喷着酒气提声道：“老板娘，今天我和我这几个朋友想跳舞，去给我们找几个舞伴，要年轻漂亮的，钱我们出得起。”

舒华一愣，笑容僵在脸上，又急忙赔上一层新笑说道：“史厂长这可真有点对不住了。我们这里是部队的歌厅，可不比社会上那些地方，我们不提供舞伴啊。要不您再唱一首《吻别》？您上次想唱没能如愿，我们专门跑去给您买——”

不等舒华说完，史厂长酒劲上行，脸上一虎，吼道：“什么！别人那都有舞伴，怎么就你们这没有？我还就不信了。是不是瞧不起人？去把你们所长叫来，找几个漂亮的来陪我们跳舞，我每个人给二十块。”

萧锋此时正在不远处，冷冷地看着舒华给那个醉醺醺的男人赔笑脸，心中本来就因为奖金的事情不顺遂，又见此人口出恶语的丑态，站起身来大声讥讽道：“二十块钱就想找人陪舞？简直是笑话！这点钱连只鞋都买不来！”

史厂长乍然一惊，萧锋的话像铜豆子一样一个个蹦入耳朵。他脸红脖子粗地嚷道：“这是什么人啊，说话的是什么人？”同时一挽袖子，同来的三个小年轻立刻从身后涌了上来。

舒华急忙上去劝阻道：“史厂长您息怒，您息怒，他不是说您呢啊……”边说边给萧锋使眼色。

萧锋面对着几个青壮年也不甘示弱，呵斥道：“我就是这个舞厅的人，你想怎么样？你算个什么厂长，来唱歌还要找陪舞小姐，这是什么作风？你这样的人根本就不配当领导！”

萧锋话音刚落，厂长身后的男青年架起膀子就要动手，早在一旁停下来看着的几个服务员眼疾手快，也冲了过来，在人数上瞬间占了上风。对方不敢轻举妄动，一时间歌厅里一片混乱，客人们纷纷往四周躲，碰桌子扯椅子的声音不绝。舞池中间很快就出现了一块空地。

“好，你们人多是吧？你们等着，你！就你，有种的你明天别走！”史厂长见占不到什么便宜，气焰已弱，可口气仍旧恶狠狠的，指着萧锋咋咋呼呼地往门外走。同来的小年轻跟在他身后，走时踢翻了几个桌椅，嘴里还骂骂咧咧的。其中一个还在临出门时掏出来一把折叠刀，向着萧锋比画了几下。

此时已退躲在墙边的客人惊魂未定，尽管舒华和服务员四处安抚，但客人们还是在很短的时间就都陆续离场了。侯勇气得直攥拳，两个女服务员吓得手足无措。“把东西收拾收拾吧，今天就早点下班吧。”舒华吩咐众人毕，又贴近萧锋轻声说道：“你这是怎么了？都是常客，这得罪了多不好。”

萧锋此时气还未消，撇了撇嘴说道：“我最看不惯这种人。大领导我见多了，没这样的，像这种半吊子，毛病最多，也不知道是谁给惯出来的。”

“我也不是不知道啊——可是你看看，他那种人，能就这样算了吗？再说了，明枪易躲，暗箭难防啊。”

“我还怕他不成。我有个朋友，你见过的，韩刚，在市公安局保安公司当科长，你明天去他那请点保安过来，我还不信他们能闹得起来。”此时萧锋冷静了下来，心中有些后悔，嘴上却不服软。

“那也只能这样了。”舒华接连叹了几口气小声劝道：“和气生财，和气生财。”

头 发

次日上午，萧锋先给韩刚打了电话，接着舒华就去保安公司找韩刚了。回来的时候身后跟着一个身穿保安服的小伙子。傍晚歌厅开门的时候，又增加了三个。舒华觉得他们在招待所院里或是歌厅里站着太引人注目了，便请他们尽量躲在没有人的地方。

一连几天过去了，史厂长他们没有再出现，这使舒华悬着的心渐渐回落到肚子里。过了几日，舒华又跑去找了韩刚，让他只留下一名保安。毕竟自己是开门做生意，是服务行业，站着这么多人高马大、手持警棍的保安算是怎么回事呢。而就在她认为已经风平浪静的时候，最担心的事情还是发生了。在那个乌云早早把月亮遮起的夜晚，萧锋忙着加班没来歌厅。

气势汹汹的史厂长带着十几个眼露凶光的年轻壮汉大摇大摆地走了进来。看见歌厅新请的那个保安，嘴角轻蔑地撇了撇。那些汉子像是事先分过工似的，分别坐到每个围桌中间，不怀好意地盯着桌上的顾客，吓得顾客心惊肉跳。史厂长也不说话，拿了把椅子往舞池中央一摆，大模大样地坐下了。

这时，舒华雇来的保安对着对讲机疾呼了两声，马上来到舒华身边。

歌厅里的气氛一时就冷凝起来，短暂的平静之后客人们争先恐后、连走带跑地向门外涌去，舒华也从未经历过这样的阵势，一下就蒙圈了，心中只有一个想法，就是不要闹出大事来。这时一个没留神，侯勇站到了史厂长身边，粗着嗓子道："这里是跳舞的地方，您要坐，到桌子那边去。"

史厂长带来的人立刻汇聚过来围在侯勇周围，有个矮子在侯勇身上推了一把。侯勇也不示弱，让他再推一下试试。服务员们担心侯勇吃亏，立刻站了过来，两边的人开始推推搡搡。一时间双方剑拔弩张，一触即发。

舒华刚才脑中一片空白，这时急忙挤到两帮人中间，喊道："今天不营业了！今天不营业了！"

也就是同一时间，史厂长见舒华挡在他和保安、服务员中间，一把就抓住她的头发，用力向下一掷，手上立刻多了一缕头发。舒华还没反应过来，就已经被狠狠地摔倒在地，脸贴在冷冰冰的水泥地面上。不等舒华起身，保安的警棍便甩到了史厂长的胳膊上，史厂长惨叫一声。他的人正要反击，这时从歌厅外一下子涌进来十余名保安，并形成队列，只等保安队长一声令下。

史厂长一看这个场面，脑子里“嗡”的一声没了主意。他带来的人看见对面穿着统一制服的保安手中都拿着一个警棍，也不敢造次，下意识地后退了几步，在两拨人中间留出了空隙。

“别动手，都别动手！”舒华不想把事情闹大，她挣扎着从地上爬起来对领头的保安队长道：“我是经理，我和韩科长说了，都是误会，千万不能动手啊！”接着，她转身对史厂长说道：“史厂长，那天是我们的不对，都是误会，我希望不要把事情闹大，闹大对谁都不好，你说是吧？”

“我今天本来是想找那个小子的，我猜着他也不敢露面。今天既然你把话说到这个份上了，我也不难为你，咱们走。”史厂长得着个台阶，伸手一招呼，带来的人鱼贯而出。紧贴他的小年轻在出门之后往地上吐了口痰，继而所有人都往地上吐了口痰。

舒华几乎是瘫坐在椅子上，浑身酸软，汗如雨下，深深呼了口气。

受　气

一个月之后，杜江鹏和王丹丹搬进了萧锋腾出的房子。搬家那天，天气像枣核一样，早晚凉，中午热。杜江鹏从萧锋那拿到钥匙时，除了不停地重复“谢谢”外，便不知道说什么了。次日一早杜江鹏便开始忙活，用借来的三轮车两趟便把所有的家具衣物运了过来。才刚过晌午，便已收拾停当。杜江鹏把金黄色的钥匙放在手里，一遍一遍地看；又环顾着这套并不算大的一室一厅。萧锋只带走了被褥衣物，室内的家具和电器什么也没动。刚才杜江鹏干活干得大汗淋漓，可停下消汗后又感觉浑身有些发冷。

“看什么看？再看这房子也是保姆看孩子——人家的，我真想说……”站在一旁的王丹丹托着大肚子，一瞧杜江鹏出神的样子，也不知从哪里上来一股怒气，冷冷地说道，不知为了什么，说了一半却停了下来。

“你还想说什么？”杜江鹏回过神来问道。

“我还想说什么你难道还不知道？你就是揣着明白跟我装糊涂。你看看人家，从西藏回来‘蹭蹭蹭’地就提上去了，现在都是正科级了；你再看看你，同是同学，到现在还是大头兵一个。别人也不是三头六臂，为什么就差得这么多？人家都知道上赶着去西藏‘镀金’，你怎么就不想想办法往上爬？你想让我怎么说你？连个房都分不到，这就是我还想说的。”王丹丹说话时嘴角略微有些向左歪。谈恋爱时，杜江鹏觉得这个不受意识控制的表情给她增添了不少妩媚，可现在看着这个表情却愈发觉得刻薄。

他一言不发，低着头收拾物件。突然拿起一个包着纸的碗，提声道：“你怎么拿我写的论文包东西了？这还有用呢——敬惜字纸，敬惜字纸啊。”边说边小心地把纸打开抚平。

“什么敬惜字纸？我就看不上，你老是写那些个破东西，有什么用？能当饭吃吗？”

“你懂什么？我当初就是靠着在大学写的论文进的省信息中心，你又不是不知道。”

“这事你要说多少遍啊？我说了，那是过去了，好汉不提当年勇。再说，现在不兴这个了，你要是有时间多往你们处长、主任那跑跑，没准你那房子早就分下来了，还用像现在这样求人借房子住吗？我就听说你们处里的小黄就在主任那说得上话，你说你比她学历高、进单位早，她能巴结得上，你就不会跟着学学？”

“她怎么做那是她的事，各人有各人的活法。”又是耳朵起茧的老生常谈，杜江鹏听得心烦，语气也硬了些。

“东西就那么多，谁都想要。你不去跑、不去要，难道还等着人家求着送给你吗？你以为你是谁啊？是处长还是主任啊？等你到了那个位子上，再去装清高也行啊，那时候你不去要，东西也是你的。可是现在……”王丹丹不停地数落着，见杜江鹏不再回应，便换了委屈的口吻说道“你那脑袋是木头的啊，我跟了你真是——就算不是为了我，为了我肚子里的孩子，你就不能把你自己那点没用的清高——先放放，顾顾我和孩子？”

“房子这不是有了吗？一步一步地来，一切总会有的。”说起孩子，杜江鹏的语气又软了下来。

“你不是说萧锋的媳妇承包了歌舞厅，还干得挺好吗，看来也是个有门路的人。要不然你去问问，看看能不能帮得上咱？”王丹丹眼中闪着光亮，问道。

“人家已经在房子上帮了咱们这么大的忙了，我可不好意思再去找他。”杜江鹏低着头瓮声瓮气地说道。

“唉，我说的话你什么时候能听进去啊。要不是我现在怀着孩子，我就自己出去找门路了。”王丹丹脸上一副恨铁不成钢的模样，随手摔打着一块布手巾。

杜江鹏紧闭着嘴，又看了看搁在一旁的钥匙，身上仿佛又热了起来，额头上细小的汗珠不停地向外冒，用手怎么抹也抹不干。

秋 菊

房子借给了杜江鹏，萧锋带着舒华搬到了自己父母家。看着杜江鹏失意的样子，萧锋心里很不好受，似乎感同身受般，自己心中也怅怅的，好像少了点什么。吃过午饭，舒华看萧锋闷闷不乐，便说道："你是为杜江鹏的变化感到惋惜吧？"

萧锋看着善解人意的舒华笑了笑，心头的愁云浓雾却一时拨散不开。

为了调节萧锋的情绪，舒华道："陪我去看场电影吧，听说正在上映一部在国外获了大奖的电影，好像叫《秋菊打官司》。"

"《秋菊打官司》？这名字也太大白话了吧，能好看么？还是算了吧。"萧锋说道。

舒华不达目的不罢休，撒娇般说道："歌厅开业以来，整天光瞎忙，现在一切正常了，我不去也行了，人家才想和你去看场电影嘛，你想想咱俩多久没有——没有好好地看场电影啦？"萧锋纠缠不过，便跟舒华去了电影院。

这部电影讲述了一个农村妇女秋菊因为村主任踢坏了自己的丈夫而踏上漫漫告状路的故事。看完电影，萧锋和舒华随着熙攘的人流向外走。脱离了人群，周围很快安静了下来，夜的寂静使嘈杂纷乱的人心也得以休息。

"你觉得这电影怎么样？"还是舒华先开了口，声音轻轻地，听来温柔受用。

"挺写实的，也挺矛盾的。为了'讨个说法'，最后自己反而背上了良心债。”萧锋想了想说道。

舒华从萧锋的语气里，知道他已经暂时忘记了杜江鹏带给他的失落，心里松了口气，继而问道：“那要是你呢，这个说法就不讨了吗？就那样拿了二百块钱不觉得太屈辱了？”

“要是我，这个状肯定要告，大不了等村主任回来了，我再登门赔礼道歉，一码归一码嘛。”听语气萧锋已经完全进入了角色，“钱什么的，该是我的就是我的，但是不能让我弯着腰到地上去捡。”

“小锋，你这话说的，一听就知道你是个靠得住的人。可是，你想过没有，这之后，秋菊在村子里还怎么生活呢？村民邻里的不都得说她是恩将仇报的白眼狼啊？再说村主任经她这么一闹腾会威信扫地，还可能原谅她么？”

“这些事我可管不了，说法还是要讨的。”萧锋说话时脖子上拧出一股筋来，摆出一副“宁死不屈”的表情。

舒华“扑哧”一声乐了，用手指在萧锋的手掌心里挠了两下，说道：“你啊……这事是没发生到你身上。”此时正走到一个路口，舒华看了看表，说道：“你陪我去歌厅看看吧。”

“刚才不是说，你不在他们能行吗？”

舒华改口说道，“刚才那样说是为了让你陪我看电影，实际上我如果不在，那群孩子心里没底。”

“你才多大，就喊人家孩子了。”萧锋笑道。

“现在歌厅刚开始有客人，服务员们经验还是不足，我不在，怕出乱子。”

看着舒华一本正经的样子，萧锋心疼地说道：“好吧，不过你要尽快培养一个接你班的人，不然你身体会吃不消的。”

舒华“嗯”了一声，深情地看了一眼疼爱自己的丈夫。

传 销

与史厂长他们发生冲突后不久，舒华又去找了韩刚，在表示感谢之后，说不用再设岗了。之后她心有余悸的对萧锋说：“不能再设保安了，这次他们来壮胆壮得我胆子都快破了，真要打起来，伤了人，砸坏东西，出了事还得我们自己解决。”

萧锋看着舒华少了一小块头发的头皮，恨恨地说：“我怎么就赶上那天加班呢？我要是在，你就不会受欺负了。”

舒华道：“幸亏你不在，你没见那阵势，如果真动起手来，后果真的不堪设想啊。”

萧锋感觉舒华的头发是从自己的心头硬拔下来的，他强忍着一口气没有叹息出来。眼里漂浮的怒火，被一层层懊恼代替。

史厂长和他的手下再也没有露过面。歌厅的生意冷淡了两天，很快又恢复了正常。舒华的心情并没有因这件事受到太大的影响，依然对每一个顾客笑脸相迎。只是闲时多了一个习惯，就是经常摸摸头顶被揪掉头发的部位。

最近一段时间，省里、市里的大会一场接着一场，萧锋忙得脱不开身，没日没夜地走场赶稿子，连周末也公事缠身。一连几天他都没见到舒华。

这天，一个采访结束得早，萧锋把稿子赶出来后，骑上车子就往歌厅赶，一路上车子蹬得飞快。几天未见舒华，他的心里竟充满了久别重逢的情愫与兴奋。当他兴冲冲地走进歌厅时，见歌厅内垃圾遍地，一片狼藉，甚至从门口到舞池的空气中都弥漫着难闻的浑浊气味，仔细嗅时，既像是汗酸，又似脚臭。萧锋往四下里一看，桌椅乱七八糟地堆放在过道。萧锋见状，不知发生了什么事，忙大声喊道："舒华——舒华！"

舒华闻声赶来，一见是萧锋，本来满布愁云的脸上现出了笑容。舒华笑着说道："咦？大忙人，今天怎么这么早就过来啦？"

萧锋也不答话，问道："这，这歌厅，这是怎么啦？"

舒华收起笑来，似无奈似怨恨地说道："上个星期，有个什么公司的经理来找我，要租咱们的舞厅，说是用来开会。半天时间给一百块钱，就要个场地，其他什么服务也不需要。我一想觉得挺合适的，咱歌厅反正是晚上营业，白天租给他们就算是增值业务了，所以就同意了。"说着话舒华眉头紧蹙，"刚开始还挺好的，我也挺得意，这钱多好挣啊！可后来就不是那么回事了。咱这个厅，满打满算也就能坐个一百来人吧，他们倒好，一下子就挤进来五百多人，我去看了一眼，哪里是什么公司开会啊？地下跪着的，墙角站着的，桌子上蹲着的，连窗台上都坐上了人。我原想让服务员倒个水什么的，根本就插不下脚。我害怕这么多人别再出什么乱子，就跟着看了一会，这一看可把我吓坏了，那几百人像神经病似的——台上的人又喊又蹦的，台下的人一会大笑，一会愤怒地喊叫，再不然就高喊'万岁'，怪瘆人的。可是等散了会，一个个又恢复了正常，不像疯子了。你说怪不怪？"不等萧锋接话，舒华又抱怨道："还有就是，这些人也不知道是什么毛病，一来就脱鞋，弄得气味这么难闻，我都喷了半天香水了，不管用。"

萧锋听后说道："香水就别喷了，多开窗通风吧。我估计你是碰到传销的了，怎么租给他们之前也没跟我商量商量啊？"

"我看你这一阵子太忙，不想打扰你工作，就没跟你说。"

"这话说的，这就不打扰我工作了？不过也不怪你，以后别租给他们就好了。”

舒华答应了一声。

萧锋忽然又想到了什么，说道：“我听说这几天省政协在空军招待所开会，通知已经发下去了。我想了想，这几天舞厅估计是没法营业了，既然如此，还不如你去跟所里讲一讲，让服务员免费为大会服务吧。”

“啊？”舒华先是一愣，仔细琢磨了一下萧锋说的话后，说道：“你说得对，咱就这样办，要服务就得好好服务啊，不然人家还以为咱闹情绪呢。不过，几天不营业，损失也不小哇。”

萧锋笑道：“做买卖就是要有挣有赔嘛。可就算不这样，到时候门口设上岗，客人们想进也进不来啊。”

舒华撅起嘴来撒娇般佯装自己不开心，这是她只有在萧锋面前才会露出的表情。

“别不高兴啦，”萧锋安慰道：“说不定这会是件好事呢。”

香 蕉

由于舒华让服务员免费为大会服务而且服务优良，受到上级领导表彰，加上舒华热衷于公益事业，歌厅获得了市政府服务办颁发的“服务业生产经营先进单位”奖牌。这奖牌就挂在舞厅的显眼位置，很是体面。也许是因为有了官方的肯定，客人更是络绎不绝，一到周末简直多得容纳不下。整个社会好像也就是从那个时期开始，似乎每个人手里的钱陡然多了起来，出手也一个比着一个阔绰。

舒华睡得越来越晚，白天黑夜几乎完全颠倒了过来。虽然累，但是每天在歌声中度过，充实而快乐，人也因有了奔头而精神十足。第一年承包结算时，除去要交给所里的五万元承包费，舒华整整挣了十万元。她交完承包款又签了第二年的承包合同，虽然承包款涨了两万元，但两人仍然笑得合不拢嘴。

“真没想到第一年就挣了这个数，我当初想着不赔不赚就算是胜利了。”萧锋牵着舒华的手大声感慨，“难怪我把奖金分给同事们，你一点都不心疼呢。”

“一码归一码。你拉来的奖金发给大伙那是组长应该干的。不过你是知道的，你做的决定我都会支持的。”

萧锋心里一暖，用力攥了攥舒华的手，笑道：“这么开心的日子，得撮一顿庆祝庆祝。说吧，想去哪吃，我带你去。”

“就等你这句话呢，我早都饿了。陪我去吃自助餐吧。”

“啊——又吃自助餐啊，我的小‘草棚虾’，咱这半年都去了好几次啦，你吃不腻啊。”

“草棚虾”是萧锋给舒华起的绰号。每次吃自助餐的时候，舒华都会拿一大盘子虾，她怕别人笑话自己能吃，就在满满一盘子虾的上面盖上几片菜叶作为掩饰，看上去就像是给虾搭了一个凉棚。萧锋瞧见了几次，便给舒华起了这个绰号。

“自助餐怎么会吃腻？种类多又可以随便吃。”舒华报复似的，以开玩笑的口吻说道，“得亏刚才没人听见，不然别人还以为萧大记者的生活奢侈成什么样啦，连自助餐都吃腻了。”

萧锋看着俏皮的舒华，却一下子怜惜心疼起来。舒华出生在滨海市的一个普通家庭里，父亲是军工厂的技术工人，母亲是小学老师。那时大家生活都不富裕。舒华的父母一连生了五个孩子，所以家境更加清苦。舒华是家里的老三，上面有两个哥哥，下面有两个妹妹，她是最懂事也是吃苦最多的一个。

有一次，萧锋和舒华在去萧锋父母家的路上，舒华给萧锋讲了这样一个故事 ：“小时候，我也不知道什么叫馋，到商店也从不跟大人要好吃的，因为没有钱，要也没有用。那时，很多南方的水果从来没吃过。记得有一年，我舅舅从南方来看我妈妈，带来两大串香蕉。我妈妈本来想把香蕉留着送人的，由于存放不当，香蕉全黑了，我妈妈以为它坏了，不得已把香蕉分给我们兄妹吃。我扒开黑色香蕉皮一看，里面是黄的，上面还有一层蜂蜜一样的东西。天哪，我从未想到天底下还有这么好吃的东西——你知道吗萧锋，一直到当兵后，很长一段时间我都以为香蕉应该放黑了以后再吃。哈哈，哈哈——”说到这里，舒华开心地大笑起来，萧锋心中却充满着酸酸的爱怜。

萧锋把舒华从回忆中拉回来，他深情地对舒华道：“我们现在的日子可真是越来越好了，你说是吗？”

舒华没有正面回答，却反问道：“你还记得日子是从哪一天开始好的吗？”而后又不等萧锋回答，便红着脸给出答案：“从我认识你的那天起！”

清爽宜人的风，把早春花的芳香带到了舒华和萧锋的面颊上。两个人的脸上满是早春淡淡粉粉的盎然春意。

除 夕

春去秋来，夏往冬迎。舒华承包歌厅一路艰辛，一路收获。之前还时不时有人在她背后指指点点，风言风语经常防不胜防，她不用听都知道那些人在诋毁什么，无非是年轻女人抛头露面也不怕别人笑话、歌舞厅不是什么好地方之类的。但是她从没有退缩畏惧。人言可畏只有在周围没有人相信自己的时候才能显示出威力。她有萧锋，萧锋相信她。

但不知是从什么时候开始，人们看她的眼神变了。眼神中少了不屑、怀疑和看笑话，多了佩服、欣赏和跃跃欲试。可他们大多只看到了成功后的光鲜、成功后的甜。只有舒华和萧锋才清楚这里面的艰辛、这里面的苦楚。

“饺子来喽——”萧锋端着一盘饺子往餐桌上一放，问舒华道：“下一个是什么节目？”

舒华看着报纸上的春晚节目单道：“杨钰莹的《让我轻轻地告诉你》。你是不是就等着看她呢？”

“当着爸妈呢，瞧你这话说的。”萧锋搓搓手，憨憨地看了舒华一眼。

“看吧，看吧，开始唱了，哈哈，我反正也不吃醋。”舒华俏皮地笑道。

“这么香的饺子也堵不住你的嘴。”

“这饺子还真是香呀。妈，能把素饺子包得这么香的，我看这世界上也就属您了吧。”舒华夸张地闻了一下称赞道。

婆婆放下手中的筷子说道："除夕夜啊吃素饺子，是咱老家的习俗，表示来年一年都素净，没烦心事儿。"

"让我轻轻地告诉你，天上的星星在等待，分享你的寂寞，你的欢乐还有什么不能说……"电视里传出来杨钰莹甜美的歌声。祥和喜庆充满了整个房间，也洋溢在每个人的脸上。

吃罢年夜饭，舒华看了萧锋一眼，然后对公公婆婆说道："爸，妈，有件事想和你们说，我和小锋商量过了，年后等到承包合同期满，我就不再承包歌舞厅了。"

"不承包啦？"婆婆脸上立刻露出喜出望外的表情，抢先说道："不承包了好，我早就想跟你们说了，这承包……"

"你先让孩子把话说完。"老伴儿在旁边打断她。

"好，你说，你说——"

"我们所丁所长年前就找我了，说现在人们手里都有钱了，物价也涨了，所以明年的承包费要涨到二十万。"

"二十万！一开始不是五万吗？这……"

"对啊，第一年五万，几年下来，越涨越高，总这么涨也不是个事儿，再说舒华也太辛苦了。今天也想听听你们二老的意见。"萧锋在旁边补充道。

"我们的意见你不早就知道吗？舒华这每天早出晚归的，身体也吃不消啊，你不是说她最近老是头晕气短吗？我看报纸上说人都有个生物钟，睡得这么晚，起得也晚，这生物钟不就完全乱了么。别看年轻的时候身体好，老这样下去是不行的。"

萧锋知道，他们的这个决定说到母亲心坎里去了，她这样喋喋不休地唠叨正是开心的表现，也就不去打断她，和舒华一起笑模笑样地听着。

"那接下来舒华的工作怎么办？还回所里去吗？"短暂的沉默

后，萧锋父亲问道。

“我和舒华商量过，就不打算回去了。我们想给舒华办停薪留职，考察考察市场后再决定做点别的生意。”

“这样也好，不过也别太累了，钱多少是多呀！让舒华静下来好好养养身子。也不是我说，你俩都结婚这么多年了，该要个……”母亲看着萧锋又把话题转到生孩子方面。

“妈，说工作呢，你怎么又提这个？”萧锋回嘴道。

“说这个怎么了？也该说了，你们也都老大不小的了，也该要孩子了。我现在身体还行，能帮你们带带；再说你也得为舒华考虑，女人岁数大了生孩子，身子不好调养……”

“好，好，听你的。可是孩子也不是想生就能生的啊。”萧锋敷衍道。

“这还不是看你们两个怎么想的。舒华整天下班那么晚，怎么生孩子……”母亲嘟囔道。

“妈，你都把舒华说得不好意思了。来来，继续看节目，呦，小品，谁演的这是——”

窗外的爆竹一声接着一声，渐渐地连成了片，和人们嘈杂的欢闹声混在了一起。窗户上一闪一闪的红光和电视里的五彩颜色一起点亮了这一家四口的眼睛。

“怎么说不干就不干了？年前不还说得好好的么？”招待所的丁所长是个直性子，直接问舒华道：“是不是怀孕了？”问完又感觉自己唐突，马上闭了嘴。

“没，没什么特别的，就是想歇歇了。”舒华被说得不好意思起来，下意识地收了收腹。她知道自己胖了，小肚子都鼓起来了，婆婆好几次都以为她是怀孕了呢。

丁所长也猜到一二，知道所里一直提高承包费有点难为人，叹了口气说道："我也没别的意思。这几年你是怎么干的大家都瞧在眼里呢，够得上劳模的标准啦。"忽然他眼睛一亮，说道："军区大院外面有个带后院的门头房，正想着租出去，这消息暂时还没对外，我认识他们后勤处处长，你要不要租？"

舒华笑着问道："我租门头房干什么呀？"

"那地方不错。开个饭馆啊，开个店铺的都行。还是老样子，内部职工先来。不过军区那边你也知道，什么事都慢半拍。"

"行，我记着了，谢谢你啊，丁所长。"办完了结算手续，舒华心里像是一块石头落了地。但随着而来的，想到自己从此不用再每天牵肠挂肚地去歌厅了，却也有种荒荒漠漠的失落感。

偶　遇

在萧锋多次催促下，舒华来到市中心医院做了常规体检。检查后，也没发现什么大病，但血糖、胆固醇、甘油三酯等项指标过高，需要通过饮食和药物进行多方面调理。就在舒华离开诊室走到医院大门口时，碰见了怀里抱着孩子的王丹丹。她忙上前打招呼道："怎么是你呀，来看病人吗？天天都长这么大了。"

王丹丹见是舒华忙答道："看什么病人，天天又感冒了，每次流感他都拉不下。"

舒华一边拿出手绢擦了擦天天流出来的清鼻涕，一边说道："带个孩子可真不容易呀。"

“可不是嘛。”王丹丹应着，问舒华道：“你身体不舒服来看病吗？”

“没有，就是最近老是头晕，过来做个体检。”

“哦，做体检。舞厅怎么样了？听说做得非常好，你过来没人帮忙看着可不成啊。”王丹丹热心地说道。

“歌厅我退了，以后不再做了。”

“啊！不做了？为什么？”王丹丹也不顾已经不耐烦开始哭闹的天天，吃惊地问道。

“就是太累了。身体吃不消了。”

“那多可惜啊，啧啧，真是……我可听说舞厅生意红火得不行哪。那你接下去呢？接下去干什么？”王丹丹像是刨根问底般问道。

“还没想好，就想歇几天。”舒华心生一丝不快，感觉自己像是被盘查似的，忙对王丹丹说道：“咱们快别聊了，你看孩子都哭了，赶快哄哄他。”说着逃跑似的离开了医院。

从医院里出来，一路上孩子哭闹不停，王丹丹怎么哄劝也不管用。回到家里，她把孩子往正在桌前奋笔疾书的杜江鹏身上一推，哭道：“我上辈子不知道造了什么孽，这辈子遇上你们父子两个一起整治我。”

“又怎么了？”杜江鹏抱过天天说道。

“怎么了？你还好意思问？你看看周围，谁不是每天出去跑钞票啊？谁不是想方设法地让自己的老婆孩子过上好日子？你看看你？整天坐在个书桌前面就知道写，你写出的那些个破东西有什么用？混了这么久还是个大头兵，比你进来晚的人都在你头上了！你不急，我都替你急。”

“急有什么用？”杜江鹏这些年已经听习惯了王丹丹的嘲骂，不急不火地扶了扶眼镜。

“你是不急啊，我算看明白了，你也不是那当官的命。靠你是靠不住了。我都在家里闲了这么久了，你有一点办法吗？我已经想好了，我想下海。”王丹丹带着不容置疑的语气说。

“下海？你是认真的？”

“你没听人说吗？搞导弹的不如卖茶叶蛋的，拿手术刀的不如使剃头刀的。我今天在医院碰见你那个老同学萧锋的老婆了。人胖了一圈，一看就是吃香的喝辣的长起来的。”王丹丹不无嫉妒地说。

“哦，她去医院干什么？萧锋病了？”杜江鹏转过身来问道。

“你现在还有心情关心别人？先管管自己吧。他俩什么事也没有！她是去做体检了。她说不做那个歌舞厅了，想闲下来歇歇。”叹口气道：“你看看人家，多么想得开啊，想闲下来歇歇。”语气中充满了冷嘲。

“你这不是和她一样，也在家休息吗？你还有个孩子可以带。”

“能一样吗？人家是钱挣够了在家里歇。可我呢，单位垮了，下岗在家，能一样吗？不行，我哪里比她差了？她能行，我也能行。”王丹丹发狠道。

“好，好，你也能行。可是你一没技术二没门路，能做什么呢？”

“所以我给你说，这周末，趁着她还没新起灶台，咱们去求求她，让她带上我一个。”王丹丹说这话的时候没了怪腔调，语气一下严肃起来。

“这合适吗？上次人家借给咱们房子住，现在房子虽然还了，但这个人情还没还上呢？”杜江鹏低着头道。

“就你这样的什么时候能还上？还不得等我挣了钱——”

“人情这东西还是少欠好，再说我和萧锋原来关系那么好，我不好意思。”杜江鹏声音越来越小，几不可闻。

“有什么不好意思的？让你去找处长、秘书长的攀攀交情，你说不好意思，现在让你去找老同学帮帮忙，也不好意思，那你什么好意思？让你老婆孩子成天吃糠咽菜的就好意思了？我真……”

“你瞧你说的，哪有这么夸张。好吧——”杜江鹏感觉王丹丹下岗后脾气越来越大，就像一个一点就着的炸药桶，急忙敷衍答应道。

“我有夸张吗？哈哈，天天过来，到妈妈这来，怎么回家了反而这么安静了。”王丹丹见杜江鹏答应了，脸上的神色立马回转过来，仿佛生意已经做成了似的。

合　伙

茶几上摆了两瓶酒一盒化妆品，包装得花里胡哨的。杜江鹏没拗过王丹丹，还是带了“礼”过来。他本来把东西放在了地上，可是王丹丹不由分说地一把就拎上了桌。

“早就说来看锋哥和嫂子，一直也没得空，前天还在医院碰见了嫂子，你们说巧不巧。江鹏一直说要来谢谢锋哥和嫂子之前把房子借给我们。不然我大着个肚子还得挤职工宿舍，真是太谢谢你们了。”王丹丹脸上堆满了笑容。

舒华见萧锋没吱声，忙接道：“谢什么呀，谁还没个困难？再说，来就来吧，还带东西干什么？”

“也不知道锋哥和嫂子喜欢什么，这也就是一点心意。”

杜江鹏在旁边一直没说话，脸上的颜色并不好看。他难堪地看了萧锋一眼，看得萧锋心里酸酸的，可话头总由王丹丹占着，他也不知道说什么好。

四个人有一句没一句地寒暄了一阵，几乎都是王丹丹和舒华在说。

“这次来还有一件事情——江鹏，要不你跟锋哥说？”王丹丹看了杜江鹏一眼，杏眼圆睁，又转过头恢复了笑意。

“还是你说吧。”杜江鹏如坐针毡。

“那就我说吧。本来吧，也不该再麻烦锋哥和嫂子，主要是我们厂效益一年比一年差，早就发不出工资了，我好长时间都没有上班了。你也看见了，江鹏那边也是不温不火的。哪比得了嫂子，把歌厅生意做得风生水起的，我就想着，能不能跟着嫂子一块学着做做生意。”

舒华知道王丹丹是个“无事不登三宝殿”的主，知道她一定又是有事相求了，只是没想到是想合伙做生意。她知道以萧锋的性格，看在杜江鹏的面子上肯定是有求必应，正要接过话题，没想到这时萧锋说话了：“怎么还说得这么客气，反正现在舒华也在找新买卖，要做就一起做好了。”

舒华见萧锋如此说也只得笑道：“就是啊，不过现在还没有什么头绪。”

“锋哥和嫂子真是痛快人。可不像江鹏，磨磨唧唧的，你看看，我说锋哥和嫂子肯定会帮忙吧。这么着，咱们可就说定啦。”王丹丹笑容灿烂地说道：“那咱接下来做什么生意好呢？”

“最好是成本小一点的。”杜江鹏刚接了一句话，就感觉腿上被王丹丹狠狠地扭了一把。

萧锋看了舒华一眼说道：“我们这两天也合计了一下。歌厅是不想开了，实在太累。老百姓最重要的不就是衣食住行这几样吗？倒腾衣服的话估计成本会高，我们初步想了想，开个饭馆可能还比较靠谱。”顿了顿，萧锋接着说道：“咱市像样的饭馆现在还真不多，我和舒华想吃顿自助餐还得跑很远。”萧锋刚说到这就感觉舒华轻轻碰了自己的脚一下，感觉王丹丹的表情也微微有些不自然。他明白了舒华的意思后继续说道：“开饭馆也不需要太多的启动资金，每天周转一次，早晨买点海鲜、肉菜、酒茶，晚上东西卖完了，再用这些钱进新的。”

“一听就知道锋哥和嫂子都想得差不多了。我说来找锋哥和嫂子对吧，这要是来晚一点，这好机会不就错过了吗？我看成，现在的人挣了钱不就想吃两口好的吗？”王丹丹心中一阵醋意过后，连声赞好。

接下来说到投入和分成，王丹丹就不怎么开口了。杜江鹏想张嘴却被她使了好几个眼色，张了张嘴也没出声。萧锋见状，开口道：“既然是合伙，那投入和分成都对半吧！投入吗，我看初期有三万块钱也就差不多了。”

一听这个数字，杜江鹏皱了皱眉。王丹丹先是说好，可又叹气道：“锋哥说得对，可是我们这些年实在没攒下什么钱，江鹏那里是个清水衙门，我厂子的情况你也知道，都大半年没发工资了。”

“没事，那这样吧，你们先出五千，剩下的我们来，算是借给你的，等赚了钱再还。”萧锋最受不了这种因为钱引起的沉默难堪，一挥手说道。

“锋哥说话就是痛快。那话怎么说的，恭敬不如从命，等挣了钱，我们肯定把这一万还上。”王丹丹笑逐颜开，急忙说道，说着还不住地摸拍杜江鹏的手背，杜江鹏笑了笑，却比哭还难看。

送走了二人，舒华对萧锋道：“你这好人做的，净让我吃亏，是不是看见美女就什么都答应啦。”

萧锋笑了笑，“在我眼里你可比她更像美女。我是可怜我那同学，原来多有志气的人啊，现在说个话都畏畏缩缩的了。唉——”

“更像美女啊。”舒华揶揄道，看萧锋没有开玩笑的心情便说道，“我知道你是想帮杜江鹏长长脸面，可是生意也没有这么做的呀，哪有借钱当股份的？还一借就是一万。”

“哎哟，你都知道‘股份’啦，真时髦。”

“是啊，我如果连股份都不知道还怎么做买卖呀，咱俩总要有一个头脑清醒的吧，你看王丹丹那如狼似虎的样子——”舒华不满地说道。

“好好好，咱家属你头脑最清醒，一切按你的指示办！”萧锋没有话说了便开始糊弄舒华。

舒华无可奈何地看了看萧锋道：“这样吧，我下周一就去找丁所长问问，看他那天说的门头房还在不在。唉，本来还想多休息休息的。”

开　业

丁所长的热心让舒华很是感动，他先带舒华和王丹丹看了店面，又帮着联系到后勤处签订了租房合同。

准备开张的事情一件接着一件，舒华亲力亲为，而王丹丹也几乎寸步不离。从橱灶购买到员工招聘再到食材进货，王丹丹的话越来越多，虽然她仍像过去那样一口一个“嫂子”喊得亲热，可很多时候她在外面的表现更像一个拿主意的人，这让舒华在心里隐隐反感。

她们给饭馆起名为“希尔快餐”，开张那天是星期天，在饭馆门口搞了一个不大不小的仪式。舒华和王丹丹在门口带领着服务员笑容满面地一个劲吆喝着“欢迎光临”“欢迎品尝”，而路过的行人却望而却步，没有一个进去的，只在门外围成一个半圆。

萧锋混在门口围观的人群中，无意中听见身边一位老大爷对旁边的人说道：“这馆子肯定也得和之前那个一样，撑不过三个月啊。”

萧锋一听便问他道：“大爷，您老为什么这么说啊？”

“你看看这装修，这高门大窗的，里边又灯火辉煌的，一看就知道价格低不了，再说饭馆又没什么名气，你想谁会往里去呀？”老大爷瞅了他一眼，慢条斯理地说。

萧锋点了点头，挤出了人群。

晚上结账的时候，王丹丹把抽屉中当天的收入一股脑倒在桌上，零星的几张票子和硬币让萧锋和舒华像被兜头浇了一盆凉水。此时杜江鹏借口加班没过来，萧锋反而感觉心里舒服了些。

“今天总共没几桌，掰着手指头都能数过来。”王丹丹懒懒地道。

萧锋不想抱怨，把自己“深入敌后”的听闻讲了出来。

王丹丹听完第一个表达了意见：“这老头肯定自己没有钱，所以这样说。不过，他说的有一点挺对，咱们现在确实没有名气，要是能打打广告就好了。锋哥在电台工作，门路多，能不能在电台免费打打广告呀？”这话说得再明白不过了。

舒华岔开话题道：“我倒是觉得他说的有道理。这个店本来装修得就不错，想必之前那个经营者就是想走高档的路子，但没有成功，还给这边的人留下了这个印象；咱虽然装修不是很豪华，可饭馆还是显得有些‘贵’，他能这样说肯定有他的道理。”

“嫂子说得对。那人肯定是吃不起就想让饭馆早点关门。穷人就是这样子，没钱，脑子里还不知道想些什么，毛病多得很。”王丹丹瘪了瘪嘴道。

“嗯——虽说现在经济搞活了一些，但咱这里毕竟还不是南方，改革开放富起来的人还没那么多，有钱人是有几个，可总归是少数，普通老百姓才是咱的主要顾客。我们还是应该把重心放在大众能接受的范围内。”萧锋考虑到实际情况讲道。

“那不成卖盒饭的了。”王丹丹刚嘟囔了一句，便闭上嘴算是默认了。

“这样吧，还是老办法，发传单，目的就一个，让大家知道咱们餐馆的价格不是那么高不可攀。”舒华说道。

见王丹丹的脸色越来越难看，萧锋只得解释道：“咱这个总归是小本买卖，现在在报纸、电台上做广告也不太合适，还是在店附近多宣传吧。这附近又是办公楼，又是居民区的，只要咱们的饭菜质量好、价格低，这里的买卖就够我们做的了。你们说对不对？”

“对的。把台面尽量往门口放，让路过的人在外面就能看得见。菜的样子做得开胃点，让人一看就有食欲。”舒华说道。

“那不做成食堂了？”

“像食堂更好，人们就不会担心价格高了。”萧锋笑着说。

舒华沉吟道：“可是把饭菜都放在外面，一会不就凉了么？我们那食堂去得晚了就只能吃凉的了。”

“确实是，我们可不能学食堂爱吃不吃那一套。”萧锋想了想又道：“要不在台面底下装个加热炉？”

王丹丹道：“这样做成本是不是太高了？”

萧锋看了王丹丹一眼回道：“成本高是高，可是该花的钱还是要花啊。”萧锋脑海中突然闪过一个念头，他接着说道：“我觉得，不行咱们就用个土办法，在台面底下装个槽子，里面注上热水，热水凉了再倒新的，用热水来保温。”

这主意说到了舒华的心里，赞道：“不错不错，还是你脑子好用，就这么办。”想着还有外人在场，她只得把其他的话压在肚里。

看着这对夫妻一唱一和的，许久没出声的王丹丹说道，“那就听你们的，就这样做吧。”她脸上露出一丝不快，可很快就恢复了正常。

裂　缝

饭馆开张那天，门口的两棵槐树更显枝繁叶茂，远远望去，像两盏华盖。华灯初上的时候，饭馆的生意已经宾客盈门、应接不暇了。

这天舒华从外面进货回来，见王丹丹正站在柜台前和一位年逾不惑的男子笑谈。见舒华进门，王丹丹提声说道：“嫂子，我给你介绍一下，这位是咱们隔壁写字楼的沈老板，我刚和他讲好啦，以后他们公司所有员工的午餐都交给咱们饭馆来负责。”

“是吗——沈老板你好，小店刚开张没多久，还要靠你们多多帮忙啊。”舒华招呼道。

“那还用说？一定一定。你们这可不是小店啊，有王小姐在，我看用不了多久就成了连锁店啦。”沈老板一口南方口音，把王丹丹逗得眉开眼笑。

送走了沈老板，舒华才吞吞吐吐地问王丹丹道：“丹丹，我今早，看了看账本，好像，好像有点不太对。”说话时故意不去接触王丹丹的目光。

王丹丹脸上表情丝毫没有变化，说道：“哦，是吗？是我前几天让分成两个账户做账的，我觉得这样方便一些。你看，就像刚才沈老板这样的大客户，起码要一个月结一次钱吧，放在一个账户里结算起来也不方便。将来要是我再拉来更多这样的大客户，钱的方面算起来也比较合理，不是吗？不容易出错呀，你说对不对，嫂子？”

舒华一听就明白了王丹丹的意思，嗫嚅了两声“对”就走开了。她觉得心里一直堵得慌，突然一股急血往上涌，眼前一花，头重脚轻的险些没有站住，忙扶着柜台护着胸口喘气。王丹丹见状过来问道：“嫂子你没事吧，你要是身体不舒服就不用天天过来了，饭馆有我看着呢，你快去医院查查吧。”

舒华此时确实没有精力同她争论什么，坐定稳了稳神，便回家了。回家后，舒华感觉精力又恢复了过来，想起王丹丹的话，仍气愤不过，就将她私开账户的事情同萧锋讲了。萧锋叹了口气，劝道：“起码现在饭馆生意好了，等将来咱们回了本，你撤出来就是了。再说她也确实在这饭馆上花了不少心思，不是吗？”

舒华道：“当初咱们一起做生意，她要经验没经验，要本钱没本钱，饭馆这才刚有起色，她就开始打自己的小算盘。”说这话时又感觉头晕目眩，急忙紧闭嘴唇不再出声。

萧锋见她脸色惨白，忙问道：“怎么又头晕了？上次去医院体检，你不是说没什么问题吗？这样，明天我陪你去医院再仔细查一查。”

病 倒

第二天，萧锋因单位有紧急采访任务没法请假，便给自己非常熟悉的省立医院内科的于大夫打了电话，让舒华自己去医院找于大夫。

于大夫给舒华做了详细检查后，确诊为糖尿病，并给开了一大包药。于大夫告诉舒华，患这种病与生活饮食不规律、太累及食用大量高糖高盐食品有关，一定要引起重视、抓紧治疗。舒华从来不关心自己的身体，知道这不是什么要命的病，所以根本没当回事，心想以后注意点就是了。

最近一段时间，舒华经常感到小腹部位疼痛，心想来一趟医院不容易，告别于大夫后，就顺便到妇产科做做检查。妇产科给她看病的是个女大夫。大夫经过仔细检查和询问后，告诉舒华，小腹疼痛是子宫发炎造成的。当年，子宫由于流产受创，可能因感染等造成粘连并致子宫变形，这也是舒华不易怀孕和容易流产的根本原因。女大夫的话说得很婉转，但舒华听出了问题的严重性，也找到了自己多年未孕的病根。

查出糖尿病舒华根本没当回事，可妇科检查结果却彻底把她击垮了。她感觉手中的病例似有千金重，连把它拿起放进包里的力气都没有了。舒华走在路上像是踩着棉花，每分每秒都有想晕厥的感觉。她不记得自己是怎么回到家的，医生的话一直在耳边回荡……

舒华想着自己这几年来吃的苦和手上的这本病例，眼泪不自觉地流了下来。当她把情况告诉萧锋的时候，萧锋愣愣地看着舒华足有两分钟，之后把她揽在怀里，安慰道：“没事，没事，在家休息休息，休息休息……”他也没了别的话，只是反反复复地说着“休息”。

“我想给你生个孩子啊。医生说我短期之内不可能怀上的。可我都这么大了。”舒华说着话语音哽塞，眼泪顺着脸颊滑落。

“别难过，有孩子就有，没有就没有，只要你好好的。”

舒华哭得更凶了，呜咽道：“那怎么行啊？那怎么行啊……”

“有那么多人都没有孩子的，只要咱们两个好好的，日子不是一样过吗？”萧锋鼻子酸酸的，说话声也禁不住颤抖。

“可是爸妈那么想抱孙子啊，一想到爸妈我就，呜呜呜——”

“别胡思乱想了。不过，这事就先别让爸妈知道了，他们知道了更操心。”萧锋用好长时间稳住了心神后说道。

“都怪我，都怪我，好好的承包什么歌厅啊。钱是挣到了，可孩子，可孩子却生不出来了哇——”舒华哭得气都喘不匀了。

“没事，没事，承包也是为了这个家好，都是为了这个家好，为了这个家好——”

“这都是命，都是命啊。”舒华在萧锋的怀里，看着窗外轻摇的枯枝，呢喃道。

过了好一阵，舒华站起身，来到穿衣镜前。镜中的舒华体态臃肿、面色苍白、一脸的疲惫、一脸的病态，她自己都快认不出自己了。这还是几年前面色红润、身姿傲人、充满阳光、活力四射的舒华吗？想到此，舒华不禁悲从中来，潸然泪下。泪光中，她回看了一眼萧锋。她已经不记得上一次给萧锋做一顿像样的饭菜是什么时候的事了。她要重新做回一个妻子应该做的。

调　换

舒华现在每天洗衣做饭、打扫卫生，更重要的是，她开始重视自己的身体了。原先依仗年轻，却没想到健康状况这么快就亮起了红灯。饭馆的生意她几乎不再去管。而每去一次，都会发现员工里陌生的面孔越来越多了。最后一次，她两个月才露了一次面，只是简单地和王丹丹谈了几句就回来了。舒华不知道从歌舞厅时期就跟着她干，现在是餐馆采购员的侯勇偷偷跟在后面。侯勇走到一个胡同才拦住她，把舒华吓了一大跳。

简单的寒暄过后，侯勇情绪低落地说道："舒经理，我一直非常感谢你对我的关照，这次开饭馆也让我跟着你做采购，这些我都记在心里了。可是，我可能在这也干不了多久了——"

"怎么了？"舒华关切地问道。

"那个王丹丹，几乎把你原先招进来的人全换掉了，新来的人都只知道她、不知道你了。她最近经常挑我的毛病，明显要换我，我干得很不开心。还有，就是你现在不怎么来，饭店里的人心已经散了，劲也不往一处使，饭菜质量越来越差，管理上跑冒滴漏的现象越来越严重，顾客在流失，我看着就难受。"

"哦，我知道了。"舒华知道王丹丹正在做人员调整，但她没想到连侯勇也在调整之列，因为王丹丹知道侯勇是舒华最信任的人。想到这里，舒华不知道怎么回答侯勇，只得说道："那真是难为你了。"

"我倒是没什么，可我就觉得当初你辛辛苦苦经营起来的饭馆就这么做黄了，我心里不好受——好了，我就说这么多了，再晚回去就有人告状了。我先走了。”侯勇转头回去的时候，看见胡同口有个人影闪了一下，他不由得一阵愤怒揪心，急忙往回走，也没听见舒华在身后长叹了一口气。

第二天一早，侯勇同往常一样天不亮就来到后厨，盘点食材准备去市场进货。可刚进门就被矮他半个头的马大脑袋拦在身前。他皮笑肉不笑地说道：“哎，侯勇，今天就不用你亲自去进货了。”

“为什么？”侯勇听他不像往常喊自己“勇哥”，心知肯定有什么变化，白了他一眼问道。

“王姐说你每天都要早来晚走的，太累了，让我先帮帮你，这几天你就先在厨房干点别的活吧，我去进货。”

“从饭馆开张那天起，我就负责进货，你现在让我去厨房，我能干什么？”

“这我就不知道了，你侯勇有本事，看见有什么活就干点什么活呗。”马大脑袋不无挑衅地说道。

侯勇强压着火气问道：“舒经理知道这事吗？”

“她知不知道我就不清楚了，有什么事等开门了你去问王经理吧。”马大脑袋摇着手里三轮车的钥匙，脚步轻佻地走了。

“有什么事等开门了你去问王经理吧——”侯勇心里重复着这句话。他好些天来都被这句话噎得喘不上气。他知道王丹丹早就对自己看不过眼了，总是找机会挑自己的毛病，这次连个招呼都不打就撤了自己的差使。他想去找舒华讲理，可一连几天都没有机会，而厨房里的人几乎都是新招聘来的，又都像是事先安排好了似的防贼似的防着他，使他连个发牢骚的对象都没有。

滑 坡

王丹丹虽然遂了心愿，把舒华初期招进来的员工一个个开除调换掉了。可最近饭馆的生意却回落下来，经营额一天不如一天。新进来的服务员又像是水火不容般隔三岔五的吵架打斗，也使得自己焦头烂额。想到这一桩桩的烦心事，不禁靠在柜台上眉头紧皱，以手抚胸。

“美女就是美女呀，学西施皱眉都学得这样像。”

王丹丹听声音就知道是沈老板来了，急忙抬起头来娇笑道：“我当是谁嘴这么甜，原来是沈老板啊。”

“我今天是特意过来，有事情要和你谈谈。”

王丹丹心知一二，低声道：“上楼上包间谈吧。”

一进包间，刚把门关上，沈老板便迫不及待地一把搂住王丹丹，还把嘴往她腮帮上凑，说道：“好久没来看你了，可把我想死了。”

“瞧你那猴急的样子。”

“能不急吗？我是没见到过你这么厉害的女人啊，这么长时间一点甜头也没让我尝到。”沈老板说话时口中的热气向王丹丹脸上喷去。

“这不是在餐馆里人来人往的不方便嘛。”

“什么狗屁餐馆，我可管不了这么多。”说着话沈老板的手也不老实起来。

王丹丹一看避无可避，急忙一伸手打开了门，转身问道：“你不是有事和我说吗？什么事啊？”

沈老板只得停下动作，没好气地说：“我要回去了。”

“啊？回哪里去？”

“还能回哪去，广东！”不等王丹丹问他，说道：“我本来以为这里也和我们那边一样，可是你们这里开放的速度也太慢了！好多事情都不好做，我耗费了这么大的精力，却不如我在南边随随便便做一点挣得多，我不想在这边再耗下去了。”

“那，那，”王丹丹一时脑热，问道：“那你的公司呢？”

“公司卖掉啦，已经谈得差不多了。”沈老板看了一眼王丹丹的神色，知道她在想什么，说道：“等我一走，你们饭馆的生意就更没人照顾了吧。我们的员工向我抱怨了好多次了，说你们的饭菜现在不光味道没有过去好，量还给的少，要不是我一直压着，早就不要你们的盒饭了，招待客人也不会上你们这来了。”

王丹丹急忙赔上笑脸，说道：“那是，那是，我们饭店能有今天还不是全靠着沈老板照顾。”

“你知道就好，”沈老板鼻中喷气，说道：“我那些朋友也是看在我的面子上才来你这捧场的，等我一走，我看也就，哼哼——”

王丹丹被沈老板哼得心慌，问道：“你走都要走了，还来干什么？”

“我这不是舍不得你吗？我看你这个小饭馆也没什么干头，跟我一起去广东吧。到了那边，你什么都不用干，我养着你，只要你——”说着话使了个挑逗的眼色。

“沈老板可别开玩笑了。”王丹丹心中又急又气，脸上却还镇定。

“我可真没开玩笑。我看得出来你现在过得不怎么开心。你知道，多少女人对我投怀送抱，我连正眼都不瞧她们一下。可就是你让我每天魂牵梦绕。我每天晚上都想你啊，闭上眼睛，脑海中全是你，像着了魔似的。”说这话时，他眼中一闪一闪的，颇似动了真情。

“好了好了，你别说了。”王丹丹一慌，急忙又关上了门。

“你这门一会开一会关的外边人更得起疑，要我说你在这里有什么意思？还是跟我到南边去，那花花世界你肯定是没有见过的，那可真是人间天堂，想要什么就有什么啊。”

“可是，我还有孩子在——”

“孩子嘛，我早就替你想好了，你先和你老公离婚，就算一时离不了，法律上规定分居一段时间，婚姻关系就自动解除了。到时候我再帮你请最好的律师打官司，争夺孩子的抚养权。要是还不行，这不还有我嘛，咱俩可以再生一个，不是一样吗。啊哈哈哈……”沈老板又伸手过来搂住了王丹丹。

“说着说着又没句正经话了，”此时王丹丹已经坐在沈老板的怀里，任他上下其手。她心中仿佛有只幼鹿在蹦跳，一时没了主意。忽然听见门外有脚步声响，急忙站起身来，整理了下衣服。

“你知道我的电话，想通了就给我电话吧。我先走了。”沈老板起身告辞。

“沈老板——”王丹丹还想说点什么，却已经找不到合适的词了。

沈老板伸出左手，指了指腕上明晃晃的金表，右手做了个打电话的动作。

王丹丹心更慌了。

怨气

回到家里，王丹丹的满面愁容丝毫没有引起杜江鹏的注意。他只是抬起头来说了声“回来了”，就继续埋首书案。丈夫在书桌前奋笔疾书的身影，已经深深地印在王丹丹的脑海里，熟悉到不能再熟悉了。而她的心境却从刚开始时的仰慕和对未来的憧憬变成了无奈和不屑。今天，她本来一肚子的话找不到人倾诉，心头堆着一股无名怒火，回家见了伏案的丈夫后，终于找到了发泄点，她杏眼一挑对杜江鹏吼道；“写写写，每天就知道写，也没见你写出什么名堂来。你能不能干点有用的啊？”

“你这是怎么了？”杜江鹏抬起头说道：“我刚把天天哄睡着，你别把他吵醒了。”

一说起儿子，王丹丹的怒火更似浇了油一般，骂道：“你少给我提儿子！昨天在幼儿园，他的脸竟被比他小的女孩抓破了，你知道为什么吗，就是因为随你，你窝囊他也窝囊，长大了还不知道出息个什么东西。”

“你今天是怎么了？是不是在饭馆有什么事不顺？”杜江鹏扶了扶眼镜说道。

“我怎么了，哼，我怎么了？饭馆的事你管过吗？一提起饭馆，你就让先把那一万块钱还上，你还管过别的吗？舒华她多少个月了一共来过几次，你知道吗？啊？这饭馆大大小小的事还不全靠我一个人张罗，你们——”

天天突然猛烈地哭了起来，似乎是从噩梦中惊醒，又似乎是被妈妈的怨气所感染。“你看看你，到底还是把孩子吵醒了。哦，来，来，天天乖，天天不哭。”杜江鹏连忙放下手中的笔，把儿子抱在怀里安慰着。

“这个儿子从来就没让我省过心，成天不是哭就是长病。我算是看透了，我上辈子肯定欠了你们爷俩的，这辈子来还债来了。”

“你能不能少说两句？”杜江鹏的火气也上来了，“你一天到晚在外面，孩子你管过多少？家里边，我让你动过一个手指头吗？一回来不是一身酒气就是一肚子怨气，你把这个家当成什么了？是倾倒垃圾的地方吗！”

“谁叫你不争气来着，你要是有本事，什么事都能撑起来，我还用每天过这人不人鬼不鬼的日子吗？”

“你哪里人不人鬼不鬼了？当初是你上赶着要我去找萧锋合伙做生意的，早知道——”

“早知道什么？就凭你那点工资早知道早就饿死了。你还能——”

天天此时哭得更凶了，鼻涕眼泪的涂了一脸。杜江鹏也不再去搭理王丹丹，自顾自地低声哄着儿子。王丹丹抱怨了一阵，鼻头红红的，却没有眼泪。

打 架

一天上午，王丹丹还没进饭馆门，就听见厨房方向有争吵、打骂、摔东西的声音。她急忙往后厨跑，遇上一个女服务员心急火燎地叫道："王经理你可算来了！勇哥和马大脑袋打起来了。"

"什么？因为什么打起来的？"

"好像是勇哥——"

"别整天哥啊哥地叫，喊名字，这是上班懂不懂？"

"哦。侯勇说马大脑袋买菜的钱不对，说要对账，马大脑袋说他管不着，不让对，骂了两句就动起手了。"

说话间，王丹丹和女服务员已经到了后院卸货的地方，只见马大脑袋和侯勇已经分别被人架开了一段距离，却仍各说各的、互相叱骂。马大脑袋嘴角、鼻孔淌着血，一只眼眶乌青；侯勇的上衣全被扯烂了，脸上被抓出了道道血痕。

"怎么回事？"王丹丹喝问道。

"王经理你可算来了。这个侯勇，他不满意你不让他干采购，就把火气全撒在我身上了，你看看他把我打的。你可要给我做主啊。"马大脑袋一见王丹丹，立刻换上委屈可怜的嘴脸。

"你少恶人先告状！我告诉你，你理不理亏自己知道！哪个经理来了都没用！"侯勇不甘示弱，怒吼道。

"王经理你听听，这摆明了就是没把你放在眼里。仗着自己原先给舒经理干过几天，把谁都不放在眼里。"马大脑袋想借机把王丹丹的火挑起来。

“你少扯这些没用的！有种你把账本拿出来让大家看看，我们马上去菜市场问问价，要是能一条条对上，我今天就辞职。”侯勇此时也豁出去了。

“都别吵了。”王丹丹本来就有心火，被这两个人你一句我一句吵得头都大了。“我听明白了，马奎，账本呢？”

马大脑袋一听王丹丹这话，声音立刻哑了下去，身子也矮了半截，支支吾吾地说不出话来。

王丹丹一看他这副模样，心里先明白了几分，高声道：“马奎，你把账本拿到经理室来，都散了吧，你们看什么热闹，赶快干活去！”

马奎抿了抿嘴表示服从，侯勇却不依不饶道：“你这账要是没问题，我名字以后倒着写。”

“行了侯勇，你也别吵了，这件事我会查清楚的。你先干活吧。”王丹丹白了他一眼，冷冷地说道。

“我有什么活可干？该我干的活不让我干。”侯勇气冲冲地怒视马奎，嘴里嘟囔着，挣开拉架人的手走向了后厨。

因为王丹丹对市场上肉、菜、水产品的价格有着大致的了解，所以马奎的进货账目根本经不起细看。王丹丹翻了几页账，就发现马奎不是吃了回扣就是私吞了采购款。王丹丹一边责怪自己选人不慎，一边又暗暗恨着侯勇。早就想把他开走，可奈何他干活一直没什么毛病，这次想把他晾起来，逼他自己辞职，却又被他抓到把柄。左思右想，只得暂时把这马奎开除了事。

她抬头气恼地看了马奎一眼道：“你看看你干的这事，让我说你什么好呢？我看你什么也不用说了，抓紧收拾收拾东西走人。”

“什么，要开除我？我没听错吧？王经理，当初可是你让我来管采购的啊？”马奎一听自己饭碗要丢，说话立刻没了先前的巴结，变得阴冷起来。

“我让你干采购，这贪钱也是我让你干的？现在猪肉多少钱一斤，你看看你买的多少钱一斤，贪也没你这个贪法，你当所有人是瞎子啊。”说着话王丹丹气不打一处来。

“买菜是贵了点，以后再不敢了，每天向你报账还不行嘛？再说了，我可算是您这边的人啊。”马奎又谄媚地笑着说。

王丹丹看着他的笑脸，突然想起自己在沈老板面前的样子，瞬时产生了一阵恶心反胃，喝道：“什么是谁的人，我听不懂。去把账结了吧。你贪的钱就当我喂狗了。”

“王丹丹，你这可是过河拆桥了。当初多少人都是我帮着你挤出去的。你还真把我当条狗了？用完了就一脚踹开？”马奎把脸一阴，也不叫王经理了，恶狠狠地说道。

“哼，你以为你是什么？”

“好——”马奎脸上奸笑道：“既然你做初一，可就别怪我做十五！你和姓沈的那事儿，别人不知道，可瞒不过我马奎！有些事情大概你也不想让你丈夫知道吧？”

“你少来这一套，你给我滚出去！你出不出去，你再不滚，我可报警了！这账本就在这，够你蹲上几年的。”王丹丹没想到马奎能说出这样的话，更加气急败坏地喊道。

“好好好，你厉害，咱们走着瞧。”马奎被打得青肿的脸在发狠时别有一番威慑力。

“走着瞧就走着瞧，我还怕你啊！”王丹丹嘴上说着，却不自觉地连着打了好几个冷战。

起 火

杜江鹏走神了，他发现自己走神了。他近来发现自己经常走神。

他放下手里的笔，感觉脖子硬得发麻，仿佛自己被一张巨大的皮膏包裹着，连活动一下筋骨都害怕碰触到什么。他放下笔，揉了揉眼睛。

“妈妈！你在哪啊，你在哪啊？”尽管自己的动作很轻，天天还是嗷的一声从睡梦中惊醒了。他几乎每天夜里九点钟的时候都要这样哭醒一次，准得像定了闹钟一样。杜江鹏机械性地走过去，坐在床边，把儿子的头放在自己腿上，轻轻地抚摸安慰道：“没事了，没事了，爸爸在，爸爸在。”

天天满脸泪水，一抽一顿地嚅道：“妈妈，妈妈——”终归是孩子，很快就被杜江鹏哄睡了。

给天天掖塞好被角，杜江鹏站起身来，看着桌上几近完成的论文《从国企的寿命谈到国企改革的几点想法》，他眼中充满着茫然。空气中飘浮着空洞与无望，周围死水一般的沉寂。

突然，外面响起了敲门声，杜江鹏开门一看，是宿舍院的传达员老李，老李说传达室有电话找王丹丹，好像很急。

杜江鹏来到传达室，拿起听筒问道：“你找谁？”

“喂，喂，王经理吗，是王经理吗，你快——快——来，饭馆——饭馆——着火啦。”看来电话那头很急，连男女声音都听不出来了。

“什么？饭馆着火了？王、王经理不在家，我是她爱人，她不是在饭馆吗？”杜江鹏刚说出口就意识到自己多此一问。

对方听出不是王丹丹，忙改口道："哦，哦，她没在啊，我们以为她回家了，你能联系到她吗？这边火太大了，我们控制不住，都已经跑出来了。"

"打火警电话了吗？"

"打了，已经。可是，可是——"对方也不知说了些什么，还是没说什么，杜江鹏已经记不得了。

"好好，我这就去找她，然后赶过来。你们离火远着点。"杜江鹏似乎有一种身在梦里的感觉，晕晕乎乎地打了几个电话，都没有联系上王丹丹。他敲开邻居龚大妈的门，请他帮忙照看一下天天，之后穿上外套，冲入了茫茫的夜色之中，很快便不见了身影。

等他赶到饭店时，火已经被扑灭了，空气中弥漫着焦味，四处黑乎乎的，饭馆已经完全看不出之前体面整洁的模样了。饭馆外面围了一圈又一圈的人，不相关的抱着膀子交头接耳。杜江鹏走到饭馆里边时，已经有几个服务员在收拾了。他们正在清理占道的烧毁物件。每一个人的脸都像墙一样，灰黑灰黑的，眼睛里流露着木然和惨兮兮的神色。

他看见了舒华，她正在同消防队员交谈，眼神中透露着疲惫不堪。他忽然心头一阵愧疚，似乎是不属于自己的愧疚，却结结实实地占据了整个人。趁着舒华没有看见自己，他一转身来到大堂，看到了王丹丹。

王丹丹身上没有一丝救火留下的痕迹，她呆呆地、不知所措地看着被火焰肆虐过的种种痕迹。杜江鹏来到她身边问道："你没事吧，人没事就好，刚才去哪了，服务员找不到你，可是急坏了。"

王丹丹像是没有听见一样，仍旧眼神空洞的直勾勾看着天花板上的吊灯。

"丹丹，丹丹，别害怕。"说这话时杜江鹏揽住了王丹丹的肩，而她也顺从地靠在他身上。她突然抬起头来，温柔、歉疚、幽怨地看了杜江鹏一眼。只有一眼，随即又低下头去。杜江鹏却突然发现，不知道自己已经多久没有见到妻子这样温柔地对自己表现出女人的那一面了。

杜江鹏把手脚无力的王丹丹放在椅上坐好，自己四下里跑着帮忙。他问过舒华后，得知所幸没有人受伤，只是饭馆的外观和设备几乎全毁了。想要再开张也不是一时半会的事情。舒华见收拾得差不多了，便让大家回去休息，明天再谈停业整顿的事情。

次日杜江鹏照常上班。昨天王丹丹一闪即逝的温柔让他心情出奇得好。他下班接了天天回家后，却发现家里没有人。杜江鹏本想着王丹丹去饭馆了，换衣服的时候发现卧室几个橱柜都有打开的迹象，地上还散落着几件衣物。一个想法从脑中飞快地闪过，他强迫自己不去这样想，走进卧室，看见桌上有一个信封，压着一张手写的便笺。

他拿起便笺，只看了一行，脑中便是一阵晕眩。

……

信封里有一万块钱。

杜江鹏的面容似乎瞬间变了形，变得阴森可怕。他蹲在地上用双手拼命地上下猛搓面颊，仿佛脸上有什么见不得人的擦不掉的脏东西，脸顿时被搓得通红，甚至连眼睛都红了。

杜江鹏走到自己的书桌前，随手拿起一本杂志，一撕两半，又拿起一份，一撕两半，一份，一份——猛地他拿起很厚的一摞稿纸，手却停住了，他死死地盯着上面的每一个字，似乎那些字不是出自自己的笔杆。他慢慢闭上了眼睛，手慢慢地放了下来，脸色也慢慢恢复了正常。

莲 花

计算器在舒华的指压下发出“滴滴”的声音，每按出一个结果都出乎她的预料，每按出一个结果都让舒华眉头紧皱。一走了之的王丹丹给她留下了一个不折不扣的烂摊子。

萧锋从门外进来，看着舒华的样子，不禁一阵自责。他走到桌前，从口袋里掏出一个信封放在桌上，问道：“算账哪？”

“嗯。”舒华低声应道，抬起头来看着萧锋苦笑了一下。

“别算了吧，算来算去——也就那个样。”

舒华叹口气道：“不算哪能行呢？不过还好，丁所长帮忙，后勤处那边没太难为咱，把房子装修起来就好。说到装修，又是一笔不小的开支，唉！”

“这次真是花钱买教训了。”说着话萧锋和舒华不约而同地想起了什么。萧锋指着信封道：“刚才杜江鹏来找我了，说不好意思来见你，这里有一万块钱让先收下，他暂时只有这么多，其余的等他将来再慢慢还。”

“他拿什么还呢？唉，其实他才是最可怜的。自己带着个孩子。”舒华突然出奇地愤怒起来，“她的心也真是太狠了，怎么能这样一走了之，把丈夫孩子都抛下。”

“这样的事情现在也不算少了。”萧锋接道。

“杜江鹏也不容易，我看就别要他的钱了。”舒华下意识地掂了掂信封，又放下了。

“我说过不要的，可是他不答应。说这钱是王丹丹留下的。”

“人都走了，还假惺惺地留下一万块钱。那他孩子怎么办呢？他一个大男人。”舒华的声音变得幽暗起来。

“他说先把孩子带回老家，让爷爷奶奶帮忙看着。他精神看上去还行。”

“这可真是‘赔了夫人又折兵’啊。”

“这次真是我的不对，要不是我想着帮他……反而害了他了。”萧锋一脸自责的样子。

“这也不能怪你，谁能想到呢？”舒华看着丈夫的样子，心中反而轻松了，仿佛放下了什么包袱似的。

舒华收起计算器，从桌上拿起一个在义乌买的水晶莲花，问萧锋道：“你知道莲花与其他花比，有什么独特之处吗？”

“出淤泥而不染。”萧锋脱口而出。

“还有呢？”

萧锋准备说漂亮，估计答案不对便说：“其他的就不知道了。”

舒华眼看着莲花，缓缓说道:“我父亲在三线兵工厂工作的时候，遇到过一个教授。教授对他说，莲花与其他花最大的差别是在开花上，别的花一般都是先开花后结果，而莲花开放的时候，莲蓬已在其中了，花果同在。所以莲花也象征着佛教中的因果，代表着过去、现在和将来。”她看着萧锋吃惊的样子继续说道：“这位教授讲得对不对我不知道，但我相信因果。从和王丹丹合作，到看透她对待事物的态度，我早就预料要出问题，但没想到问题会出这么大，结果会这样惨。”

萧锋知道，和王丹丹合作舒华本是不同意的。听了舒华一番话，他对舒华有了新的认识，心悦诚服地说道：“有很多地方你懂得比我多，看人比我准，以后生意合作的事我决不瞎掺和，一切由你定。”

舒华笑着说道：“你可别窝囊我了，没有你，我哪能做到现在，不和你商量，我什么事也拿不定主意。今天，我是看到了莲花，才说这么多的。其实有些事情要发生，挡也挡不住的。”

说来也怪，王丹丹走后两个月，杜江鹏写出的关于国企改革的两篇论文相继在《经济论坛》发表，并在全国引起轰动。省长、信息中心主任在几次重要会议上提到这篇论文，并要求在省内试点，加快国企改革步伐。之后不久，杜江鹏被提为正科级秘书，调入省政府办公厅综合处，成了一支大笔杆子。这一连串的消息，让萧锋和舒华的耳朵都忙不过来。两人面面相觑。舒华说：“有时候命运真会捉弄人啊！”

好 意

遣散员工、变卖尚能使用的厨具、找包工队重新装修，一连串的事情让舒华心力交瘁。她实在不想再干了。房子装修完工后，舒华把钥匙交给了丁所长，要求办理退房手续。丁所长问舒华退房的原因，舒华不想说得太多，只搪塞说生意难做。

丁所长是个热心人，他认为舒华退房不是她的真实想法。丁所长认为退房的原因一方面是这次起火造成的损失太大；另一方面可能是军区要的房租太高，挣不出来。根据自己的想法，丁所长“自作多情”地去军区后勤处找到了杨处长。他把舒华饭馆起火造成的损失夸张地说了说，还讲了萧锋援藏以及在电台帮军区做宣传等很多事，讲的目的就是要求降降房租，继续租给舒华。听了丁所长一番话，杨处长动了恻隐之心，加上房屋起火暂时没有接手的，便同意降低两万元房租，继续由舒华承租。丁所长自认为办了一件天大的好事，便拿着续签合同找舒华邀功。

舒华听丁所长讲了事情的来龙去脉，哭笑不得。虽不想再干，但又无法让丁所长重新回去退房，也不好意思违他的好意。无奈之下，只得稀里糊涂地续签了合同。心想，租下来干什么，过段时间再说吧。

舒华回到家里，见萧锋正躺在沙发上看书，便把签合同的前前后后给萧锋讲了，最后说道："我也知道丁所长是一番好意。可是好心办坏事，房子都清空了，执照也注销了，弄个空房子干什么用呢？"

听了舒华的话，萧锋唏嘘不已道："看来老天非让你干不可，天意不可违呀！我也能看出来，这阵子你在家照顾我，也憋坏了，你也不是个能在家里闲得住的人，反正事已至此，我看你就重新出山，再干点什么吧。"

"瞧你这话说的，我怎么就不能在家里做专职太太了？"舒华感觉自己的身体确实好转了不少，便问萧锋道："那你说说有什么生意可以少受累、多赚钱呢？反正开饭店的活儿，我是不干了。"

"天下哪有不受累赚钱多的，净想好事。"

"都怪你，我一开始做生意就给我写了个'九苦一甜'。"

"那你还贴在床头上，我给你揭下来吧。"萧锋说着话作势伸手，却被舒华轻轻打了下手背。萧锋笑了两声，清了清嗓子道："不行做贸易吧？"

"咱现在哪有那么大本钱做贸易。"

"大有大的做法，咱小有小的做法啊。进来东西加点钱卖出去不就行了。关键要看卖什么东西。"

舒华认同道："也对，有特色点的，新鲜点的，别人没有的东西。"

“你知道去各地采访的时候，有好多单位都赠送纪念品。这些纪念品不是水杯就是衬衣，不是腰带就是提包什么的，很缺乏新意和创意。我们厅办公室主任就跟我说过，开个会最愁的就是不知道买什么作为纪念品。”

“可现在不是不准给党政机关和领导送礼吗？”

“瞧你说的，谁规定礼品一定是给领导送的。同学生日，同事乔迁，亲朋好友，恋人之间不能送礼吗？相互间送点东西表达心意，本身就是件很好的事啊。对，就卖礼品，舒华，好不好，舒华？”

萧锋突如其来的兴奋也带动了舒华，舒华道：“看把你兴奋的，好像已经赚了大钱似的。”

“这么好的点子，难道还不许我高兴高兴？”

“礼品店？现在有专门卖礼品的商店么？”

“我这么多年四处采访，还真是一家也没见到。要的就是没有，要是遍地都是我们还做什么？还有，叫礼品店可不行，得叫礼品商场。”

“你可别逗了，就咱们那么点地方，哪好意思叫商场啊？”

“就得叫商场。你想想，如果单位采购礼品，发票上写着某某小店那怎么报销？就得叫商场，叫商场，人听着放心。”

“好吧，就你鬼点子多，就叫商场。”

“风华礼品商场，风华正茂的意思，你看我们是不是都风华正茂？好不好，舒华？”

“风华礼品商场？”舒华一听就明白了萧锋的意思，脸红着道：“真肉麻。”

萧锋哈哈大笑起来。

义乌

又是一个草长莺飞的春天。春风吹拂着舒华匆匆的脚步。武汉的汉正街、石家庄的南三条、天津的大胡同、北京的天意市场、河北的白沟、广州的海印、浙江的黄岩、深圳的华强，都留下了舒华匆匆的身影。

看着舒华从全国各地带回来的五花八门的小商品——风铃、首饰、皮具、陶瓷、工艺品及电视上广告不断的健腹飞机，萧锋的心里也不禁痒痒的。一天，看着舒华风尘仆仆地进货回来，萧锋道："我在杂志上看到了一个叫义乌的地方，那里的小商品批发已经很成规模了。有没有兴趣去看看？"

"义乌？有点远吧。"

"远怕什么？我陪着你去啊。"

"开什么玩笑？你还有工作呢。"

"我们趁五一长假的时间去。"

"好吧，咱俩去义乌一趟。不过得先提醒你这个大组长，这可不是你采访啊，更不是旅游，你能吃得了那苦吗？"

"你把我想成什么了？"萧锋回嘴道，心中却很是兴奋。

汽笛声使人莫名的有些兴奋。窗外的树木才刚入眼帘便飞逝而过，只留下一幕幕幻影。

"小锋，你跟我说，你和我来义乌是不是有什么想法？"

"没有，就是看你干得风生水起、无拘无束的，很羡慕，不像我每天定点上班下班，重复着同样的工作，一年下来，回头看看，自己都不知道自己到底干了些什么。"

“你想辞职？”

“也不是想辞职，就是想出去看看。其实我心里也明白，我现在各方面都很好，工作方面轻车熟路的，也没有什么压力。可是——”

“当时我想承包歌厅的时候，你还记得你对我说过什么吗？你说由着我折腾，只要有你在，家就倒不了，锅就揭得开。”

“我明白你的意思。”

“先睡一会吧。”

“不着急的，你睡吧，我现在不困。”

“路程还早着呢。我们只是先到金华，还要再转车去义乌。”

“也不知道那里究竟怎么样。报上登的那样凶，却连个直通车都没有。”

他俩坐了二十多个小时的火车，又坐小公共才到达义乌。两个人都疲劳不堪。在篁园市场对面，他们就近找了一家小旅店。虽然深感劳顿之苦，可仍迫不及待地就奔向号称“中国小商品城”的市场。面对这一座规模壮观的主楼，萧锋和舒华心中生出一种自己是那么渺小的感觉。

萧锋和舒华边走边看，真有刘姥姥进大观园的感觉。商城内人声鼎沸，货品琳琅。两人目不暇接，带来的编织袋很快就装满了，但满眼还是很多可买的东西。从清晨直到中午，萧锋见舒华实在走不动了，便就近找了个水果摊，一人买了一根甘蔗。两人席地而坐，边啃边看着周围穿着花花绿绿的人群，感觉好像进入到了另一个世界。

在对面摊位里一直看着两人的老板是一个上了些岁数的中年男人，他主动走过来，坐到萧锋、舒华旁边，口气平和地说道：“二位从北边过来？”

萧锋和舒华一边吃着甘蔗，一边点了点头。

来人又问："来进货的？"

萧锋"嗯"了一声，笑着问道："听口音你是本地人啊。"

"是啊，我在对面有个铺面，要不要过来看看？"

"你也是在这做买卖的？看着不像啊，我看你倒像是个机关干部。这里可真气派，什么东西应有尽有啊。"

"你能看出我是机关干部？不简单。你是做什么工作的？"

"也是机关工作人员，陪老婆过来进点货。"

对方一听有共同语言，便打开了话匣子："你们远道而来，现在我们又坐在一起，说明我们有缘。我叫吴量，当年在县里也是个股长。多年前县委就鼓励干部带头经商办企业，我也分到了一个铺子，不是你们见到的这个，可比这个小多了。当时我就想着把这个摊位租出去，谁知道所有人都是这个想法，那肯定是谁都租不出去了。我们这些当干部的就只好亲自出马摆摊叫卖了。还好大家都这样，也用不着不好意思。不摆？那可不敢，弄不好县长过来突击检查，看到哪个干部的摊位没开张，上班后就等着挨批评吧。现在看看，当时那个领导班子真是有眼光，要不然现在全国人民能都往我们这里跑吗？我也就不能和你们在这里聊天了。"

"今天真没白来，不仅买到了这么多好东西，还知道了义乌的这段历史。"萧锋道。

"看你们夫妻俩搬货也不容易，我喊个伙计帮帮你们吧。"

"那可真是太谢谢你了。我们先把东西放回宾馆，一会再来你店里看看。"

"好啊，欢迎欢迎。"

返 程

一连两天时间，萧锋和舒华都是边走边看边买，东西拿不动了就往小旅馆一放，回到市场接着挑。到要走的前一天晚上，屋里的东西已经多得放不下了，两个人带来的八千元进货款，全部变成了经过包装的商品，放在一个个纸箱里。

次日一早，萧锋和舒华一趟趟把几个大纸箱搬下楼，再租来三轮车，两人坐在车帮上，扶着货箱摇摇晃晃地到了义乌北方联货运站。先把几个成箱的货物捆好打包，然后拿毛笔在箱子上写好寄送的地址、电话、收货人，一套下来，萧锋和舒华的身上已经完全被汗水浸透了。寄送最后一个箱子时，萧锋眉头一皱，舒华问道："怎么了？"

"昨天东西多买了一点，恐怕钱不够了。"

"不行这最后一箱就不寄了吧，咱俩把东西放到编织袋里背回去好了。"

"也只能这样了。那个姓吴的老板可真是能说会道，不知不觉就买多了。"

发走了货，两人顶着一身臭汗坐上了小公共。两人赶到火车站时，发现没有直达票，要先到杭州转车。两人便买了两张坐票。买好票，萧锋扛着大编织袋就往站台跑，舒华紧紧拉着萧锋的衣角跟着跑，边跑边说："小锋，东西我来拿一会吧。"却每每换来一句："不沉，马上就上火车了。"

从义乌到杭州的火车上，两个人买了点饭吃。在车上互相对视时，才发现两人脸上都脏兮兮的，像个泥人。便轮流到厕所洗了把脸。

到了杭州火车站，两人可就没那么幸运了。萧锋排了四个多小时的队，却被告知回去的车每天只有一趟，还是过路车，不要说卧铺了，就连坐票也已售罄。此时天色已晚，萧锋看着这不熟悉的城市，背后人推挤着催促着。萧锋一咬牙买了两张站票，跟舒华说的时候就像一个做了错事的小孩，舒华却仿佛习以为常般宽容地笑笑。

此时距开车的时间已经很近了，萧锋拉起舒华就往站台跑。身上的编织袋子越来越沉，死死地压在萧锋的肩头上。萧锋此时脑子里只有一个信念，西藏喘不上气来的日子都扛过来了，现在又算得了什么？进了站台，站台里人山人海，连个下脚的地方都没有。萧锋一手扶着编织袋，一手拽着舒华。对面突然过来了一波人流，把两人冲散了。

萧锋在人群中大喊了两声，听见了舒华的回答，却怎么也看不见对方，只得大喊："去四号车厢，车门在那里。"听到舒华的回应后，萧锋架起膀子抗拒着人流往车上挤，好不容易上了车，才发现自己进了五号车厢。

站台上虽然拥挤，可总有个侧身而过的缝隙。但进了车厢，萧锋发现里面跟沙丁鱼罐头一般，挤得满满的。萧锋尝试着向四号厢移动，走了几步便已经踩到两个人的脚了。幸亏他个子高，从人头上望过去，感觉另一节车厢近在眼前，可是再想挪动半步却如登天般艰难，真是咫尺天涯。而也就是这一望，他不经意地和一个铁路警察对上了眼。

萧锋也没多想，既然从车里走不过去，只得转身下车。他心里担心着舒华，动作不免有几分慌张。而警察一见萧锋下车，又背着个大编织袋，心想他肯定心中有鬼，以为是个小偷，忙喊上一个同事跟了下来，一前一后在站台上拦住了萧锋。那警察从人堆里挤出来显然费了不少气力，所以带着怒气道：“把东西放下，你跑什么？”

萧锋此时正担心着舒华，加上平日里并不怎么害怕警察，不冷不热地回道：“我怎么了，走错车厢还不许人下车吗？”

警察一听他这口气，不耐烦道：“我让你把东西放下，你就放下。车票拿出来，证件拿出来！”

萧锋心想，在这里人生地不熟的，还是收起脾气的好。他放下袋子，忙拿出车票和多少年来一直带在身上的记者证。两个警察一看记者证，态度缓和了许多。

萧锋一看火车快要晚了，只得服软道：“我是一名记者，喜欢南方的小玩意儿，这次陪老婆到义乌买了些小礼品带回去送朋友，刚才急着下车是因为我老婆去了四号车厢，我挤不过去，所以想下来再转过去。”

警察盘查了一番，听萧锋讲的也有道理，两个人耳语了几句也就作罢了。萧锋赶紧往火车上跑，就在后脚刚踏进车厢的一瞬间。列车员“砰”的一声把车门关上了。萧锋长长地舒了一口气，又急忙抬起头四下张望，正好看见了舒华焦急的脸。

“这么久你跑到哪里去了呀？我怎么找你也找不到！吓死我了。我又不敢下车。”

“出了点小误会，我慢慢讲给你听。”萧锋看着舒华的眼睛，见她已经着急地哭过了，心中不免一阵感动，又是一阵怜惜。

火车缓缓地开动了，此时萧锋和舒华就没有来时的惬意舒适了。车中又挤又闷，空气都感觉不够用的，吸入鼻子里的不是汗酸就是脚臭味。开始时挤得很，想伸个腰都伸不开，幸亏萧锋上车晚，可以挨着车门有个依靠，两人一会站着，一会蹲坐，困乏却又睡不着，一直处于半迷糊状态。舒华更是难挨，一直在晕车，病快快地拿着个大塑料袋不停地呕吐，这也使周围的人越发想离她远些。这样倒也多少空出一点地方。最让她难受的是，她因为糖尿病而尿频，隔不了多一会就要往厕所挤，刚开始人们还只是小声嘀咕，给予厌恶的眼神，后来直接恶语相向了。为了不上厕所，舒华后来干脆连水也不喝了，脸色蜡黄蜡黄的，嘴唇苍白。萧锋看在眼里，疼在心上。萧锋几次想要下车，可又想下车又能怎样呢？行李都在车上。萧锋只能在心里发誓，等将来挣了钱先买辆车，再也不让舒华受这份罪了。

十几个小时过去了，两个人的腿都站麻木了，已经感觉不到腿的存在了。好在每一站都是上来的人少而下的人多，这样终于有个可以躺下的位置了。二人就地躺下，靠着车门，舒缓了一口气，感觉自己在车门口简直就像是占到了一块风水宝地一样高兴。往地上一躺，简直比家里的席梦思还要舒服。舒华此时已经迷迷糊糊的了，萧锋也困到了极点。刚要闭眼，列车员却喊了起来："镇江站到了，门口的人闪开，准备让旅客下车。"这时萧锋和舒华只得不情愿地站起来，他们也渐渐发现，车门口这里真是块风水宝地，可一旦从自己这面开门，那必须先随人流下去，但等到再随人流上来时，这块地方就不一定属于自己了。所以，萧锋和舒华都非常害怕列车员从自己这面开门。终于，列车员走向了另一边，萧锋松了口气，同时兀然发现，自己竟然在为一个车门口的位置而祈祷。

待到后半夜，车厢里终于有些空地了。萧锋和舒华困得不行，不想再被列车员一次次地喊起来让路，就抱着大袋子走到车厢里边。正打算席地而坐，刚好身边座位上的一个旅客要下车。萧锋喜出望外，急忙扶着舒华往那个位子上坐去。此时的舒华已经手脚无力，像个虚弱的病人一样。可说时迟那时快，身边一个身材不高的小伙子一把推开舒华，一屁股坐在了那个位子上。

这一推吓了舒华一跳。她只能委屈地站在旁边，而萧锋这时却像一头发怒的雄狮，大声冲矮个子小伙吼道：“你没看到她是个病人吗？你怎么能和一个病人抢座位！”

对方自知理亏，看到萧锋身材高大、怒不可遏的样子，吓得什么也没说就起身离开了。

舒华对同座的人说了声对不起，然后坐了下来。而萧锋也为自己刚才的失态有些惭愧，感觉在那短短的一瞬间恍如隔世，感觉自己都不认识自己了。车窗外的黑影一幕接着一幕，如同鬼魅。

二十多个小时的车程，没有空调，没有休息，没有吃顿像样的饭。到站的时候，两个人就像经过恶战后归来的战士，满脸的灰土被汗水冲过之后，如京剧花脸演员一般。萧锋看着舒华，舒华看着萧锋，心中有种胜利的喜悦，却又感觉酸酸的，直冲鼻头，险些把眼泪冲了下来。

事后舒华问萧锋道：“你当时怎么想的，怎么为了一个座位那么凶，看你那样子我都害怕。”

“我当时也没想那么多，心里就想让你赶紧坐下来舒服一点，再说，那个小伙子也太不像话了。”

“你啊！”舒华的眼睛红了。

萧锋笑了笑，再没说话，心里却不由地充满了失落、怜惜、难过、伤心、愧疚和不认识自己的混合情愫。

竞 选

姚台长调到省委统战部任副部长。省里一推双考后，上来一位新台长。新台长名叫高岩，之前担任过县委书记，在省内名气很大，是个有争议的改革派人物。新官上任三把火，刚上任不久，他就提出竞争上岗。顿时，单位里飘浮着异样的气氛，每个人都各怀心思，看人的眼神都不对了。焦虑者有之，兴奋者有之，慌张无措者有之，泰然若素者有之。真是山雨欲来风满楼，萧锋心里反倒不怎么紧张，甚至有种像海鸥期盼暴风雨一般的感觉。

这天萧锋和舒华回爸妈家时，显得有些兴奋，不待爸妈问便说开了："这新来的高台长真是对我的脾气，太有魄力了！台里今天宣布，所有人免职，全部竞争上岗。"

"哦？这在咱这可是破天荒的事啦。"父亲说道。

"可不是吗？过去要想提拔大多得论资排辈，现在也要搞这民主参选了。下个月末登台演讲，群众和台领导一起打分，分数比重各占百分之五十，由分数决定谁上谁下。"

"爸妈，我们的萧锋同志开始跃跃欲试了。"舒华说着调皮地看了萧锋一眼。

萧锋道："爸妈，我和舒华商量过了，我准备参与竞争，我想，我的优势是，台里唯一的全国新闻大奖是我拿的，'省级青年文明号'自从挂在我们组里，就没摘下去过！这些都是实实在在的吧，不是我吹牛吹出来的吧。"

"那你这次想竞争什么岗位呢？"父亲问道。

“我也在想这个问题。今天周主任还来找我聊这事来着。”

“哦，他说什么？”

“他说我竞选新闻部副主任十拿九稳。”

“那你怎么说。”

“我还能怎么说？我心里明白得很，可是我想竞选正的。你知道，我不大适合干副职。”

“瞧把你厉害的。”舒华说着扯了扯萧锋的衣袖。她感觉今天的萧锋与以往有点不一样，不过她也能理解，此时的萧锋像只被关了很久的老虎，是想要发泄一番了。

萧锋继续道：“周主任说，现在新闻部主任一职空缺，由林之鹰代理主任，我要是竞选正主任一来把握不大，二来容易得罪林之鹰。但是周主任说如果我竞选交通台或是文艺台的主任，应该问题不大。”

“我看你还是一步步来吧，不过你现在也大了，怎么做，你自己拿主意吧。”父亲说着，回头看了老伴一眼，老伴赞许地点了点头。

萧锋权衡了各方面的利弊，最后还是听了爸爸的话——竞争新闻部副主任。

“我认为，我台新闻部机构设置不合理，新闻部总共有三十多名记者，却划分为政文组、工企组和农业组等，这不是按照新闻专业要求设置的机构，却像是政府行政部门的组成。过去，我们过多地报道了党政工作和领导人的有关活动，而对于老百姓关心的社会新闻、突发事件却没有一个机构去管理，我认为应该增加一个社会专题组，这个组应以报道老百姓关心的事为主……”

在座无虚席的演讲大厅内，面对着台下上百名同事和领导，萧锋脸上带着自信的微笑，侃侃而谈。他在家里已经排练了好多次，已达到了倒背如流的程度，所以讲起来如行云流水，自然流畅，听起来更是有理有据，观点新颖。台下头排的领导和评委，有的面带认同感左右对视，有的点头以示赞同。萧锋更是气壮，继续道：

“当今的媒体功能已经进入相互兼容的状态。省电台过去传播的是声音，现在应该开办自己的网站，以实现反复地听、阅读，包括图片和视频。这也等于扩展了广播媒体的功能。网站开通之后，宣传工作更是不能少，我认为应该把网址印在从台长到每一名记者的名片上面……”

在演讲结束时的台长总结发言中，高台长特意提到了萧锋的两个主张，并当即决定省电台网站建设项目立刻启动。萧锋如愿以偿地当上了新闻部副主任（副处级），此次竞选成功的还有：周平原任电台副台长（正处级），林之鹰任新闻部主任（正处级），夏东明任政文组组长，姚爱敏任工企组组长，崔超……

分　工

在第一次新闻部办公会议上，林之鹰主任宣布，政文组、工企组和新增的专题组由自己分管；刘冰副主任分管农业组，萧锋心想，编排和播音技术性强，虽然难出成绩，又容易犯错误，但自己多动些脑子，也能做出些文章……他刚想到这里，就听林主任说道：“夏东明、姚爱敏，你们两个暂时做一下主任助理，帮着我代管编排和播音。”此言一出，大家都惊呆了，会议室内鸦雀无声。

萧锋一股热血冲顶，强压怒火问道：“那我分管什么？”

林之鹰神秘地一笑，腔调异样地说道：“你做组织委员吧，负责发展党员。”

短暂的鸦雀无声后，夏东明突然出言道：“我认为这个分工方案还应该再研究研究，我刚当上政文组组长，很多方面需要学习，新的业务管理方法还需要时间消化，很难有时间代管编排工作，我想还是由萧副主任分管比较合适。”

萧锋没想到夏东明会如此发言，一时所有人的目光都转向林之鹰。林之鹰的眼中也明显露出吃惊的神色。她定了定神，问姚爱敏道：“那姚组长有没有问题？”

萧锋眼睛转向姚爱敏。当初她也跟自己工作过很长一段时间，心想她应该也会像夏东明一样站在自己这边，没想到这时的姚爱敏对林之鹰微微一笑，道：“既然主任都已经这样分工了，我有再大的困难也会克服的。”

这样一来，林之鹰又占了上风。听完姚爱敏的话后，林之鹰说道：“那播音工作还是由姚组长代管。既然夏东明感觉能力不足，难以胜任，那编排工作就不让他代管了，由农业组组长崔超代管。”

散会后，夏东明一脸怒色，萧锋心里知道事情不会这么简单就完结的。

那次会议之后，萧锋每天能做的就是在办公室里看小说，几个组长除夏东明外，谁也不向他汇报部里的情况。林之鹰什么业务也不让他插手。正是满怀壮志的年纪，他又被打入了冷宫，心情又降至冰点。有时林之鹰不在，萧锋在办公室里接接电话，可每当电话一通，对方听出是他的声音后，便说等林之鹰回来再说吧。萧锋很无奈，却也知趣。早上冲上一杯茶，捧着报纸小说一看就是一天。这天他看报纸上的连载小说看得上了瘾，竟也想动笔写。当时只在稿纸上构思了个提纲，也不知被谁看到还传了出去，说萧锋不务正业，啥也不干，整天写长篇小说。

有几天新闻部开记者会，全省十几个市（地）的记者站站长都到了。中午会餐时，两个十人大桌，林之鹰和刘副主任领第一桌，萧锋领第二桌。刚开席一会儿，萧锋桌上所有的站长都跑去第一桌给林之鹰敬酒去了。萧锋苦笑一声，知道自己目前已全线溃败。这时他想起了程望的话，现在已经到了挺而待变的时候了。

“高台长，您找我。”萧锋敲门进来后，垂手站立问道。

“哦，是萧主任啊，过来坐。”坐在办公桌前正修改文件的高台长放下手中的笔，抬起头指着自己对面的椅子道。

“副主任，是副主任。”萧锋边说边坐了下来。

高台长不置可否地笑了笑，口吻亲切地说道：“换了工作岗位快一年了，还习惯吧？”

“以前一直在做业务，现在做管理工作有些不适应。”

“呵呵，我有所耳闻。对了，听他们说你是山海师范学院毕业的？”

“是的。”

“我是七七届的，算是你的老学长啰。”

萧锋有点受宠若惊，立刻感觉和高台长的距离拉近了不少。

“咱们学院年底要搞建校八十年庆典，到时候我应该会去。好几年没去过母校啦，也不知道母校现在变成啥样子了。”

“高台长，到时候我一定带着记者把庆典活动好好地报道一下。”

“我是相信你的能力的。”

“谢谢台长。”

“好啊。我今天主要想和你谈谈，让你做好准备，组织有让你做新闻部一把手的想法。上次你的演讲很打动我，很多思路应该尽快付诸实施啊！”

“谢谢台长，可是工作……可是我这才提拔了……”

“这都不是你考虑的问题，组织上知道你的情况，也已经讨论过几次了，辛副台长之后也会找你谈话的。”

从台长办公室出来，萧锋似乎有点云里雾里，却又隐隐有些掩饰不住的担心。以他对林之鹰的认识，她不可能简简单单地交权。萧锋深知官场上的规则，既然红头文件没有发下来，就一切都有可能，对谁都要守口如瓶。但是他知道这位空降台长很厉害，他想办的事情一定能办到。

萧锋把高台长和自己的谈话内容告诉舒华后，舒华很老练地说道：“可能因为林之鹰不听话，高台长的改革方案推不动，所以要你来替换她。但官场险恶，你提上去也不一定是什么好事，要谨慎为妙。”不知怎的，只要看到舒华一本正经说话的样子，萧锋就想笑，但他认为舒华说得非常有道理。

说完提拔的事，舒华忽然话锋一转问萧锋道：“高台长说师范学院搞校庆，校庆应该要准备纪念品吧？”

舒华的话再一次让萧锋惊叹不已，用手刮了一下她的鼻子，说道：“应该要吧，你这个商人。”

“什么应该，是肯定。到时候那么多人参加校庆，总不能让他们空着手回去吧。就是不知道你们学院需要什么样的纪念品？你反正要去参加，还要采访，先帮我去问问行不行？”

“那怎么行？那不成了假公济私了。”

“瞧你说的。让你帮忙问问，又不是强买强卖。”

“我是不会去的，要去你自己去好了。”

“我去就我去。”

从萧锋这里得知山海师范学院要举办校庆活动这一消息后，舒华第一时间赶到学院总务处。当得知他们想要定制一批金箔画作为纪念品时，她又找到自己学艺术设计的表妹李漫，请她帮忙画了好几幅学校庆典题材的油画。

连 挫

“舒华姐，这些画都是小漫画的啊。啧啧，我虽然不懂艺术，可是看着好棒。”侯勇和李漫见过一次面。从那次之后侯勇就神不守舍的了，感觉李漫的身影总是在自己的脑海中游荡。

“她们这些大学生就是有本事，要不怎么能叫天之骄子呢。”舒华答道。

侯勇脸上的表情很不自然。他想到自己一个从农村出来的山娃子，能有个工作就不错了，李漫这样的大学生怎么可能看得上自己呢。想着想着，鼻头有些发酸，便用手按了一下。

“你怎么了？”

“没什么。可，可能有点感冒。”侯勇结结巴巴地答道。

“你可要多注意身体，这次我去南京，不知道要待多长时间，店里你多看着点。”

“其实我就不太明白，现在店里生意这么好，顾都顾不过来，你为什么还要费劲巴力地跑去帮大学定制什么纪念画，费时费力的。”

“这你就不懂了吧。咱们做礼品生意，要走出自己的路子，不能单纯靠一买一卖，要注意宣传，有的礼品还要自己设计，特别要做几单标志性的业务。举个例子，装修公司在竞标中，如果说省委大礼堂是他们装修的，再配上照片，这比做任何广告都有说服力，你说是吗？”

“你说得太对了，舒经理，你看得就是远。哦，对了，这段时间总是有人来咱店里问有没有封口机，就是上次我去温州进的那一种，已经卖完好久了，可总是有人来问。有个男人，想订一百台封口机，说有货尽快联系他。”

“哦，这样啊。那等我回来，你再去温州进一批好了。好，那我走了，有什么事电话联系。”

“放心吧。”侯勇送走舒华，跑去后面仓库清点了一下存货，不知不觉中已经快到中午了，看着窗外高照的秋日，他不自觉地想起了李漫。忽然一阵秋风吹过，看着飞舞的落叶，他心中的那团迷惘又涌了上来。他是个粗人，只觉得胸口又闷又涨，正想出去买点午饭，只见门外走进一个三十出头颇有姿色的女人，问侯勇道：“小哥，这家商店的经理在吗？”

“经理现在不在，你有什么事吗？”

“哦，是这样，我们工厂是纯国营性质的，现在每个人都有销售任务，根据销售指标发放工资。这是我们厂的产品介绍，看看这里有没有你们需要的。”

女人一边说着，一边看着侯勇，侯勇接过产品介绍翻看，见没有几样产品，而且主要是食品包装设备，与礼品挂不上边。当看到最后一页时，却发现有一款封口机，便问女人道：“这也是你们厂的产品？”

“是啊，是啊，本来是我们的主营产品的，质量很不错，现在我们厂就靠它支撑着。”

“是吗？可我看你也不像工人啊。”

“哎哟，这小嘴可真甜，怪不得这么年轻就能管着这么大个店了。”

“这店可不是我的。”

“我看人哪，从来错不了，小哥你这么能干，你们老板可真有福了。”

侯勇被她说得美滋滋的，想到先前有人要订购一百台封口机的事，现在又有人送货上门，真是天遂人愿。他马上付定金订购了一百台。

在金陵南京，舒华接连联系了好几个厂家，费了很多周折才把带来的画制作成了高品质的金箔画样品，回来后又马不停蹄地把所有样品交给了学院总务处。她抬手一看表，已经中午十二点了，便急忙往家里赶。

此时，萧锋刚回到家，换下衣服不一会儿便听见有人敲门，他以为是舒华回来了，可开门一看是夏东明。

萧锋见夏东明这个时间来家里找他，心想肯定有事，忙把他请到沙发上坐下。

夏东明刚坐下便告诉萧锋，自己已经向高台长汇报了，请求调到生活台工作，高台长已经同意了。

夏东明气哼哼地说：“我真是一天也不想在林主任手下干了，也不知道她都对别人说了些什么，现在组里的人根本不把我这个组长当回事，工作根本开展不下去。我知道，上次我在会议上得罪了她，她在后面给我使绊子，她是不会让我有好日子过的。”

“你上次在会上那样不给她面子，就应该想到这一层啊，都是为我。”萧锋有些内疚地说。

“你过去怎么待我的，我心里都记得呢，看她那么排挤你，我看不过去。”

萧锋叹了口气道：“不管怎么说，你离开政文组，我真舍不得，边说边难过且无奈地摇了摇头。”

夏东明换了种口气道：“不过这种日子也差不多快结束了。你知道，高台长比林之鹰资历低，林之鹰根本没把他放在眼里。我看得很清楚，高台长想推动新闻部的改革，根本推不动，甚至连想上的稿子都上不去，林之鹰把新闻部攥在手里，攥得死死的。这种局面很不正常，高台长是县委书记出身，以他的性格，绝对不会让这种现象长久持续下去。”

夏东明见萧锋还在为自己调走的事不高兴，接着说道：“你不用担心我，我过去就不受她管了。可是你，一直在她手下，倒是要小心。”说完后就匆匆离开了。

夏东明刚走，舒华就回来了。当萧锋把自己和夏东明的对话复述给舒华听后，舒华笑道：“你有什么好不开心的，调走对夏东明来讲，说不定是件好事呢？不是有句话叫‘树挪死人挪活’吗？”

“你说的倒是也对。可现在我在办公室里连个说话的人都没有了。”

“没有说话的，回家来，我和你说，哈哈——”舒华又开始没有正形起来。

次日，当舒华来到店里的时候，见侯勇一脸的焦虑神色，不等她问，侯勇道：“舒经理，我想咱们是被骗了。”

“怎么了？”

“你走前我不是说过有人要订一百台封口机的事么？可当我买到货后，就再也联系不上那个订货的人了。”

“你进了封口机了？你去温州进货了？”

“没，”侯勇支支吾吾地道：“是从一家本地的厂子进的，我看他们是国营的，虽然价格贵了些，但想着反正有人接手有钱赚，所以就进了，可是没想到——”

“带我去看看货物。”

舒华跟着来到后院仓库一看，封口机整齐地码在墙边，拆开一个一看，已经是几年前的过时产品了。再一看侯勇的样子，只是叹了口气，说道：“怎么这么不小心，好在不是什么贵重物品，损失不是太大，以后注意些就是了。”

舒华的这番话令侯勇很是感动，忙道：“舒经理，现在你回来了，我就不用整天在店里守着了，我去找找那个厂家。”

“算了吧，买卖已经做成了，你现在去找他们，他们也是不会同意退货的。”

“那我就去找那个要进货的，他肯定是那个厂家的托。”

“这么大的地方，去哪里找啊。”

“那我们就白吃这个亏了？”

“那还能怎么办？”

“对了，我们不是还欠着一笔货款吗？不行就说我们没有钱，拿这批货顶债吧。”侯勇胸有成竹地对舒华说道。

“侯勇，你受了骗我可以接受，可是你想着骗别人就不对了。做生意讲究的是诚信，我们要是也这么做，以后谁还肯和我们做生意。”

“舒经理，你说得对，我知道错了，那这些东西怎么办？”

“唉，放着慢慢卖吧，打折什么的，吃一堑长一智吧。”

萧锋到家的时候，舒华正在家里呆呆地看着几幅自己精心制作的金箔画，因金箔画没有中标，加上封口机被骗，舒华的心情非常糟。往日灿烂的笑容在她脸上消失了。

萧锋看到舒华盯着金箔画发呆的样子，突然自责起来，想着如果自己去找找关系，给学院说一说，很可能是另一种结果，舒华中标的可能性可能会大一些。但事情已经过去了，他只能过来劝道：“没事，这次不成功还有别的机会。你上次不是跟我讲，凡事都要往好的方向看吗？你看这些画这么好看，肯定能卖出去，再说就算实在没人要，挂在店里不也是很漂亮吗？”

舒华带着哭腔道：“这些画都是李漫费尽心血一幅幅画出来的，没选上，你让我怎么跟她说啊，你说能卖出去，怎么可能呢？你知道制作样品多贵吗？做一幅样品与批量生产的价格差别是很大的。”

萧锋给舒华倒了一杯柠檬水，递给她，说道：“行啦，这算什么事还用这么难过，我看也可以批量生产一批，我们自己卖。”

表 决

林之鹰当了新闻部主任以后，认为自己是竞争上来的，是凭本事上来的，所以比以往更加武断，在新闻部一切都是她说了算。副台长找她协调个事情非常困难，甚至高台长表了态也得看她的情绪，听说有一次她竟对属下说，高台长懂什么，他才搞了几天新闻。

林之鹰说高台长不懂业务这事不久，高台长把夏东明叫到办公室，问道：“小夏，最近在生活台干得怎么样？”

“干得很好，很舒心，厅长。”夏东明爽朗地答道。因为台长由广电厅副厅长兼任，所以大家有时候也叫高台长为厅长。自从夏东明找高台长要求调动工作如愿后，他对高台长深怀感激之情。心想，自己一个科级干部为调动越级找台长，要在过去不挨批才怪。

听到夏东明的回答，高台长很高兴，他以非常和蔼的口气道：“小夏，最近台里要进行一些人事变动，我想让你重新回新闻部工作，一来新闻部缺人手，二来你在新闻部，人和事都熟悉，你看有没有什么问题？”

夏东明从台长的口气中似乎听出些什么，他不假思索地回答：“没问题，我服从厅长的安排，只要文件一下来，我立刻回新闻部。”

“是服从组织安排，不是服从厅长安排。”高台长纠正了夏东明的说法后，继续说道：“好！那就这么定了，过几天人事处苏副处长会找你谈话。”夏东明走后，高台长又打电话把周平原叫到了自己的办公室。

林之鹰一听苏副处长提出要把夏东明重新调回政文组，脸上颜色当时就不好看了。她毫不客气地说道：“当初是他非要调到生活台的，好像我排挤了他似的。他调走的时候，我可是一个不字都没说，也没阻拦。可现在他这么说走就走，说回来就回来，这里是菜市场吗？你让别人怎么看我们新闻部？我不同意！”

“林主任，你看现在新闻部也缺人手，而夏东明又是你的老部下，工作能力又强，回来不是两全其美的事情嘛。”苏副处长苦口婆心地劝道，类似的话他已经说了很多了。

“哼，是不是两全其美我不知道，可我知道我管不了他。他在生活台干得不是挺好的吗？我这里暂时不缺人，就是缺人我也要找我信得过的人来。”

苏副处长耐着性子给林之鹰做工作，见林之鹰油盐不进，态度蛮横，知道再这样谈下去也不会有什么结果，也完不成台长交给自己的任务。想到这里，苏副处长态度来了个一百八十度大转弯，他厉声对林之鹰道：“林主任，你是不是有点气焰太盛！我告诉你，让夏东明回来不是我个人的意见，是台务会研究决定的，今天我来给你说是让你执行，不是征求意见。你刚才讲的话还有一点组织原则吗？你还是一个党员干部吗？什么你这不缺人，缺也要找你信得过的人来，你把新闻部当成什么了，当成你的独立王国了吗？”苏副处长说完后，看也没看林之鹰一眼，站起身来，甩门而去。

苏副处长态度之强硬、话语之重让林之鹰始料不及。她参加工作以来，第一次吃了这么大的气，而且还没等发作，对方就走了，这实在让她受不了。她有一种被压得透不过气来的感觉，胸口异常憋闷，呆呆地看着苏副处长甩后关上的门。

林之鹰心情沮丧到了极点，但是她不甘心，咽不下这口气。思考了一个晚上，第二天一上班，她通知萧锋和刘冰马上来开会。萧锋刚提起皮包想出门，林之鹰迎面就把他堵了回去，说道：“萧锋，你别走，到我办公室开会。”

萧锋一看林之鹰脸色不对，想着肯定没什么好事，推脱道：“什么事情这么重要，我上午有点事，下午研究还不行吗？”

林之鹰根本没理会他，说道：“现在马上开个支部紧急会议。”

等萧锋和刘冰坐好后，林之鹰用气得发抖的声音道：“现在大家开始表决。”

一句话就把萧锋说懵了，问道：“表决什么？”说着看了刘冰一眼，刘冰也是一脸的疑惑。

看来林之鹰真是被气晕了，还没说出会议主题就让表决。她听了萧锋的话，看到刘冰的反应后，知道自己已经失态，忙稳定了一下情绪，补充道：“昨天总台派苏副处长找我，非要让夏东明从生活台回到新闻部工作，这是什么意思？夏东明走是他自己提出来的，我也没阻拦；现在他在生活台干得很好，总台为什么要把他调回来？是要他回来拆我的台吗？”说到这里，林之鹰降低了一下声调继续道：“我想，咱们三个支委也是三个主任，开会表个态。”

萧锋一听便明白了，没好气地说道：“你是主任，你表态定了不就完了吗？”

林之鹰一听犹如火上浇油，怒道："我表态，我表态就是不要！"

萧锋从心里不想和林之鹰闹得太僵，口气软化道："既然主任不想要，那就找台长好好讲讲啊。"

"讲什么？他委托人事处苏副处长来跟我摊牌，这事他明摆着要搞'一言堂'！苏副处长拿台务会来压我，一定要我服从组织安排。"

萧锋一听心知林之鹰此时方寸已乱，心中反是一乐，说道："下级服从上级，全党服从中央，这是组织原则。"

"我看那是他台长个人的意见！不能代表组织。我要召开支部会议，拒绝服从。今天也是组织决定，个人意见也要服从组织决定。"顿了顿，她道："不同意夏东明回新闻部的，请举手。"

萧锋和刘冰两人对视了一下，都没有举手。只有林之鹰的手孤零零地竖着，见二人没跟上，她又气急败坏地重复了一遍，"不同意夏东明回新闻部的，请举手"，同时怒目而视。

僵持了不到半分钟的时间，刘冰也举起了手。

萧锋说道："你用这种方式对待台里的领导，是不是不太合适？"

林之鹰猛然打断萧锋，气冲冲地说道："你到底同意还是不同意？"

萧锋继续劝道："主任你别急，我的意思是这种方法不太……"

"好了，不管你同不同意，表决结果已经出来了，二比一，少数服从多数。"

林之鹰手一摆，便自顾自地回到桌前起草报告。她笔杆子不错，没一会工夫就把不同意夏东明调回新闻部的决议报告写了出来。写成后看了一遍，从抽屉里摸出个印章，"砰"的一声盖了上去。

林之鹰像是欣赏什么艺术品似的上下左右看了一遍，然后看了看萧锋，露出一丝不易察觉的微笑，说道："萧锋，请你把这份报告送到台长那里去吧。”

萧锋一时心急，说道：“为什么是我去？还是主任亲自去吧，主任面子大。”

“萧副主任，你是支部的组织委员，这是组织的决定，这正是组织委员应该管的事情啊。”

萧锋心道，平时不论什么事都是你做决定，现在轮到背黑锅的事情倒是想到了我。萧锋知道推脱也没用，便拿了那份墨迹尚未干的报告，也没坐电梯，一步步地往楼上走，想走得慢些好找个什么借口。

可他走到台长办公室门口也没想出个说法，只得硬着头皮敲了门。

高台长看了看萧锋拿来的报告，盯着萧锋劈头盖脸地说道：“你知道这报告是什么性质吗？回去告诉你主任，下级对待上级用这种办法我是第一次见，还有什么花样让她一块拿出来！”

萧锋见高台长正在气头上，也不敢多说话，只是站在原地，语无伦次地说道：“林主任开了个，开了个支部会，说再考虑考虑。”

高台长把报告往桌上一拍，脸色怒极而红，冲萧锋喊道：“还考虑什么，你回去让她考虑考虑她自己的去向！”

萧锋赶紧退到门口，低声道：“台长，我先回去了。”见高台长没有回答，便大气也不敢喘地转身走出了台长办公室。

签 字

过了一个星期，新闻部召开全体人员会议，副台长周平原主持会议，人事处苏副处长宣布，林之鹰调任台长助理，括号正处级，协助周平原抓对外联络工作；萧锋任新闻部主任，夏东明任副主任。苏副处长宣布完毕，会场中鸦雀无声，众人面面相觑，各怀心思。萧锋偷偷看了林之鹰一眼，见她昨天那气冲牛斗要和台长硬碰硬的气焰已经完全不见了，取而代之的是一张无力、苍白、麻木的脸。她第一次知道一个人与组织抗衡的结果，她自己也知道这一天迟早会来，却没想到会来得这样快，让她措手不及。

林之鹰请了两天病假，感觉有股子气堵在胸口吐不出也咽不下，休完病假后，她找到了周平原，提出免职后想要一个月签字权的要求。

周平原送走林之鹰后心中左右为难，他给高台长通了电话后，来到高台长办公室。

高台长见周平原进来，问道："你刚才电话讲，林之鹰去找你了？"

周平原关门道："是啊。"稍一顿，说道："她提了一个请求，想再要一个月的签字权。"

"哦？"高台长一愣，问道："人都离开新闻部了，还想要签字权，这不合规矩啊。"

"我也是这么对她说的，"周平原见高台长的表情，没什么变化，继续道：“她说一来现在已经是年底了，这一年的广告收入是她领头挣来的，而且她还有些支出没有结算，想过了元旦后再把签字权交给萧锋。”

“嗯，倒也有些道理。”他看了周平原一眼，心中明白周平原不想对林之鹰逼得太紧，便问道：“这样不会有什么麻烦吧？会不会影响萧锋开展工作？”

“多少会影响到一些，可是也就这么几天，应该也不会有什么大问题。”周平原答道。

高台长沉吟半晌，说道：“好吧，这件事你看着处理吧。”这时，电话铃声响起，他看了看桌上的茶杯，茶杯里的茶水正荡起一圈圈涟漪。

自己暂时没有签字权的消息是萧锋去财务处询问新闻部经费的时候才得知的。他一时有些难以理解，可一想到台领导的难处，也就勉强接受了。但没有财权怎么主持工作呢？他很是气愤，却也无计可施。财务处杨副处长告诉他，新闻部账上还有三十五万。萧锋心里想了想，这些钱足够新闻部过年的开销了，暂时先尝尝无财权主任的滋味吧。

高台长给萧锋下了道命令，要求他对新闻部进行全面改革，包括建立网站、创新节目、新媒体相互兼容等。萧锋能看得出来高台长在诸多方面的改革想法都很成熟，就是因为林之鹰一直压着没办法推行。萧锋接到任务后，即使很多时候被签字权所掣肘，但仍千方百计克服困难，整天忙得昏天黑地，东西不辨。

半个月时间很快过去了，改革方案已经通过，有的已开始付诸实施。眼见着再有几天就要进入新的世纪了，萧锋踌躇满志，感慨良多。这天下班的时候，夏东明来找他，说道：“萧主任，生活台、文艺台他们的年终奖都已经发下去了，就我们新闻部的人问过我好几次了，咱们的奖金什么时候发啊？前几天看你太忙，没好意思问你。”

萧锋一拍脑袋，说道：“还真给忘了，我这就去财务处，今天就发。”

“好嘞，那我可回去跟同志们说了啊。”夏东明乐呵呵地走了。

刚主持新闻部的工作，发年终奖是件大事，萧锋多少还是有些顾虑，跑去别的台和总编室询问了一下，又粗略地计算了一下，大约有个六七万就足够了。他跑到财务处，看到杨副处长在写材料。不等萧锋说明来意，杨副处长便停下笔道：“萧主任，我正要给你打电话，你们新闻部的钱已经花没了，从今天开始新闻部不能再报销费用了，不然下个月连工资也不能给你们发放了。”

两句话好似兜头浇了一盆冷水，萧锋顿时不知所措，定了定神，问道：“这就年底了，为什么卡我们新闻部？”

“不是我要卡你们，是你们的账户上没有钱了。怎么？你不知道？”

“知道什么？不可能啊，我半个月前来看还有三十多万啊。”

“哦，看来你是真不知情，小李，把林主任这几天报销的单据拿过来。”

一个面熟但叫不上名字的女会计拿过来一叠发票凭证交给萧锋。杨副处长补充道：“你自己看看吧，我可没有故意和你过不去。”

萧锋急忙一张张地翻看凭证，一会儿后背上就被冷汗浸透了。这个林之鹰，把该报销的不该报销的全报了，还把这些年积攒下来可以不还的账全还了。账上的三十多万，现在只剩下几百元钱了。一时间，萧锋对林之鹰彻底失望了，想想新闻部上上下下忙活一年，到头来一分钱奖金没有，怎么向大家交代呀？

萧锋把发票往杨副处长手里一塞，话也没说便大跨步往楼上周平原办公室跑去。一进门，萧锋暂时也忘了对老领导的尊重，急急地说道:“周台长,新闻部账户里没钱了,全被林之鹰签字花出去了。”

萧锋的话把周平原吓了一大跳，他不相信林之鹰能把事情做得这么绝。他稳了稳眼镜，问道：“怎么回事？坐下来慢慢说。”

萧锋便把林之鹰这些日子“突击”报销了三十几万的事情讲了出来。周平原越听眉头皱得越紧。等萧锋讲完后,他满脸歉意地说道:“萧锋，我当时和高台长商量着，答应给她一个月的签字权，主要是让她处理处理遗留问题，没想到这个林之鹰太过分了，简直不可理喻！现在看来，是我们失策了，我有责任。”

见周平原把话说到了这个份上，萧锋也不好再纠缠下去。回家吃了一顿午饭的工夫，新闻部账上无钱的消息不胫而走。下午刚到办公室，他就被几个编辑记者围住了，大家七嘴八舌地问道：“萧主任，全台除了咱们部都发奖金了啊，今天都二十八号了，咱们怎么办？我老婆问了我好几次了，等着钱到幼儿园给孩子交费呢。”

“对啊，往年到这个时候早发了，再不发我老婆真以为我藏了私房钱了。”

“我也是啊，家里人见不着奖金还以为我今年犯了什么错误了呢。”

几个人围着萧锋你一言我一语，把萧锋说得无言以对。林之鹰用光了部里账上全部钱的事，他不想从自己嘴里说出来。萧锋用了好长时间,好说歹说,总算把众人劝了回去。他的心里只有一个想法,就是无论如何也要把今年的奖金发了，不然今后自己这个主任还怎么当呀。

他先是去找财务处商量，任凭萧锋磨破了嘴皮子杨副处长也不点头，理由就一条，不敢开这个口，要是有了这个先例，每个单位都欠台里的钱，台里可就吃不消了。但是杨副处长也没把话说死，意思是如果高台长发话，事情可能会好办一些。

萧锋咬了咬牙，一扭头出了财务处。他心里清楚得很，这个时候怎么可以去找高台长要钱呢，不能再给高台长添乱了。他边走边想，林之鹰啊林之鹰，你也太狠了点吧！

眼见着天色昏沉了下去，最后一丝的夕照也隐去了。萧锋一个人在街上游荡，欢庆世纪末交替的神色印在了每个人的脸上，印在了临街的灯笼横幅上，印在了商家的促销打折中，可这一切似乎都与萧锋没有关系。他后悔自己当上这个什么破主任，此时似乎部里所有人的目光都在盯着他，愤怒、嘲讽、殷切、焦急，这些目光像是探照灯一样，照得他无处藏身。

一夜无计。

直到第二天上班前，萧锋还是毫无头绪。在无计可施的情况下，他只能再求舒华给点钱应急了。话一出口，萧锋就后悔了，他也不知道后悔什么，心想，自己这主任当的，为发个奖金还得向妻子要钱。

舒华一听是钱的事情，眉头紧皱地说道："要是上个星期和我说的话，八九万也有，可是我刚还了几家的货款，现在账上只有三万了。"

"三万也行，先借给我救救急吧。"萧锋也不知道为什么自己的口气变得这么客气。

"我这就拿给你。"

看着舒华俯身去开保险箱，萧锋心中充满了自责。忽然，一个念头飞入脑中，他让舒华暂时把钱放着，转身就往台里跑。"你慢点呀！"舒华在后面喊道。

萧锋连自己的办公室都没进，直接跑到财务处，让杨副处长把林之鹰报销的单子重新拿给他。接到凭证后，萧锋坐在财务处外面屋子的连椅上，一张一张仔细地翻看报销凭证，生怕漏下哪一笔。

从三十几万报销单据看，大部分没有问题，像差旅费之类，的确是应该报销而之前没报销的。关键是她报了一些本可明年付款的项目，甚至是本可不付的款项。这部分款能占到十五万元左右。萧锋知道，到年底了，钱给了人家，再想要回来几乎是不可能的。

还有一部分开支，萧锋也不清楚有没有问题，但既有经手人的签字，也有林之鹰的签名，程序上没有问题，自己也不能胡乱怀疑。最后，经过反复查看分析，萧锋认定丽都酒楼三万九千元的饭费报销发票有问题。

丽都酒楼在省城北部，离广电厅较远，平日招待下属单位和关系户一般很少去那里。不过，萧锋和部里的同事也跟林之鹰来过两次，总的感觉一是路远不方便，二是饭菜太贵，不过档次还可以。

萧锋知道，林之鹰平日招待客人一般不到丽都酒楼，加上她也不是个大方主儿，吃多少顿才能花费近四万元，这里面肯定有猫腻。想到这里，萧锋复印了这张单子，谢了杨副处长，从台里要了辆车直奔丽都酒楼。

丽都酒楼经理姓许，萧锋和他见过面，上次来吃饭时，他还出面敬了一圈酒呢。许经理三十八九的年纪，五短身材，长得珠圆玉润，脑满肠肥，一个圆鼓鼓的肚子出奇得大，肚子下面的那条皮腰带被撑得好像快断了一样，让人情不自禁地担心他的裤腰带。

萧锋与许经理寒暄过后，说明来意并给他看了复印发票。许经理看了发票，脸色有些不自然，说话间闪烁其词。

萧锋道："许经理，现在省电台新闻部干部刚做了调整，林之鹰不干主任了，由我接替她的位子。财务交接查账时，单位认为她这张单子有问题，纪委准备来查，我说我和许经理熟悉，先去问问这是怎么一回事。"

许经理一听纪委要来查，立刻涨红了脸道："这发票有什么问题？是林主任来预交的饭费，这犯法吗？”

萧锋偷偷一乐，心想一句话就诈出了实情，现在一切疑惑全解开了。听完许经理的话后，萧锋开始打悲情牌。他把林之鹰在调走前把部门资金全花光以致现在职工奖金无着落的情况以及自己的焦急心情讲给许经理听。

许经理听了萧锋的话，涨红的脸开始逐渐恢复正常颜色。但他表示可以来吃饭但不能退钱。

萧锋一听就急了，嚷道：“你如果能近人情，把钱退给我，咱们还是朋友，以后我们来客人还上丽都来吃，我保证吃的钱数不会比这少。你如果坚持不退，我马上让电视台、电台的记者来，让他们来评评理，报道报道你们酒店，看到时你和林之鹰还怎么做人。”

许经理知道碰上硬碴了，但退钱是以往从没有过的事。如果退钱，就等于从自己的肋条上向下撕肉。想到这里，许经理便沉下脸一句话也不说。

见许经理这样，萧锋便使出浑身解数给他摆事实、讲道理，动之以情，晓之以理，声情并茂，软硬兼施，凡能想到的办法全用上了。半个小时后，在萧锋的凌厉攻势下，许经理终于抵挡不住了，表示同意退款，但提出两个条件，一是要萧锋立下字据，保证来年在丽都吃饭不少于四万元，二是林之鹰这边由萧锋负责解释，出问题由萧锋解决。萧锋大喜过望，满口应允。

回到单位后，萧锋给林之鹰打了个电话，告诉她丽都酒楼的钱要回来了，林之鹰未作回答。萧锋接问道：“你为什么要这么做，你不觉得这样太过分了吗？”面对萧锋的质问，林之鹰答道：“这有什么过分的？难道老主任给新主任存点饭钱还有错吗？”两句反问噎得萧锋半天没喘上气来。他再一次领教到了林之鹰的厉害，心想这女人真是太猛了。

一九九九年的最后一天，新闻部的奖金终于发下来了。从丽都酒楼要来的三万九千元和从舒华那借的三万元已经足够了。两天前账上没钱的消息大家已经知道了，此时拿到奖金的职工一方面欢喜取代了焦虑，一方面也在想这钱究竟是怎么来的，猜测种种。萧锋给刘冰和夏东明交代道："等明年广告费到位之后，再还我的钱，关于奖金的来源要保密，千万不能对外说。"

萧锋让夏东明给林之鹰也送去了一份奖金，林之鹰什么也没说，面无表情地收了下来。

萧锋终于松了一口气，下班的时候天已经全黑了，街上却热闹非凡。他此时一点想欢乐的心情也没有，只想带着舒华去看看自己的爸妈。他的心累极了。离宿舍楼还不远的时候，看见楼洞口有个熟悉的身影，他深深地呼了一口气，跑了过去，两个人影，融成了一个。天上的繁星，忽闪忽烁，照耀着大地上这平凡的一隅，照耀着世纪之交的这个不眠之夜。

举　报

萧锋被林主任压了一年多，初上任又为年终奖的事狼狈了好一阵，心中憋足一股气，急于做出些成绩。他提交了一份策划，新千年第一件事就是要把新闻节目从播放事先录好的录音带改为新闻直播。从拿着定好的稿子读，到新闻直播，这是一项令人心惊肉跳的改革。

为了能在早上发出合格的直播新闻稿，萧锋干脆不回家了。他不能去争值班编辑睡的那张唯一的床，就把办公桌上的笔、纸、墨水瓶统统收拾起来放到椅子上，铺上被子，爬上去，直接在办公桌上睡觉。桌子短，伸不开腿，他就蜷着睡，正好身子能裹进军大衣里。等他睡到四点半起来时，值班编辑早已经开始工作了。值班编辑问萧锋道："新华社凌晨刚刚传来几条消息，咱们上不上？"

萧锋道："这一夜国际国内的新闻大事，新华社随时都会播发，我们就是要抢时间，争取尽快把新闻播报出去，但时间非常紧张，容不得半点马虎，一切要按程序操作，千万不能忙中出乱。"

这项改革改变了传统的枯燥无味的念稿子方式，一来稿子新、新闻性强；二来采用了两人对话的形式，把新闻事件活灵活现地展现了出来，有情有景故叫作《说新闻》。节目改进后，很受听众欢迎，取得了非常大的成功。过去省电台的新闻节目很少有听众来信，而《说新闻》播出不到一个月，就收到了很多听众来信，邮电局每天都要送来一大袋邮件。邮件中有建议信，有批评信，但绝大多数是表扬信。节目改革成功后，高台长对新闻部的工作很满意，对萧锋更是刮目相看。

谁知，节目刚有点眉目就出了问题。《说新闻》的播音员求新意识越来越强，胆子也越来越大。一天晚上，萧锋从收音机里听两名播音员说了一条新闻："据有关人士透露，中国人民解放军决定，从明年开始建造第一艘航空母舰……"这简直把萧锋吓坏了，幸亏电视普及后，人们对电台新闻的关注少了，加上时代进步，这件事没引起大的风浪。

不管怎样，这事还是把萧锋吓得不轻，心想，要是退到若干年前，又不知要写出怎样的检查才能过关。萧锋当天就严肃批评了两位值班编辑："你们这不是胡说吗？这么不靠谱的网上信息，你们也敢摘？"他们俩还委屈地辩解说好多网上都登了。萧锋道："同志们啊，我们是新闻单位，是党和政府的喉舌，新闻的真实性必须始终放在第一位！网上说的都是真的吗？以后别什么都摘，要遵守宣传纪律，要好好把关。”缓了缓口气接道：“当然，我也有错误，一方面平时强调得不够，另一方面带头不够，明天起我们几个主任轮流值班。”

就在萧锋大刀阔斧实行改革的同时，一封匿名信直接送到省委，不久信转到高台长手中，要求省电台调查处理。

在一次电台例会上，所有工作布置完后，高台长从包里拿出这封匿名信举在手里道：“有人又给省委写告状信，状告我们电台的干部。我不管这个写匿名信的人出于什么目的，我只告诉你，你在败坏省电台的声誉，你在臭我这个台长。”高台长用锐利的目光扫视了一下会场道：“现在我们台有个坏毛病，动不动就写匿名信，有本事你实名举报。我们现在是法治社会，讲究以事实为依据、以法律为准绳，不能再搞窝里斗，再搞见不得光的那一套了。如果你是为了搅浑水达到自己不可告人的目的，让我查出来一定严肃处理！”高台长缓了缓口气道：“你有问题完全可以正常向组织反映嘛，给台党委、给厅党组汇报都行，如果事实准确，组织上一定会按党纪政纪严肃处理。可是你匿名写信，诬陷好人，动不动就把信寄给省委，你才是心里有鬼、不敢见光的人，我看你是想把电台搞乱！你有什么事情不能向组织反映啊？给我们各位台长、厅长、书记反映不行吗？”

高台长在台上发脾气，台下一点声音也没有，大家面面相觑，一个个大气都不敢喘。

这次会后的第二天，高台长把萧锋叫到自己的办公室，开门见山道：“你知道昨天我在会议上提到的匿名信告的是谁吗？”

萧锋摇了摇头表示不知道。

高台长提了提声调道：“告的就是你。”

“告我什么呢？”萧锋不解地问。

“主要是两条，一是告你不安心工作，老婆做生意你参与了；二是说你搞钻营，巴结领导，光想着当官。另外还说你从泰国回来到处吹泰国好玩，我看这都是你口无遮拦招惹来的祸。”

萧锋一听，头“嗡”的一下懵了，他刚想一条一条辩解，高台长道：“你不用解释，我知道他们告你，有些也是冲我来的，你改革力度大一些，有人就不舒服，就在暗地里扔黑石头，但只要我们行得正，就不怕他这一套，你要大胆地干，不信邪，干出成绩，让他们看看。”

高台长的这番话让萧锋又气愤又感激。气愤的是有人诬告，自己只是这么一个小官，兢兢业业地工作还被告到省委；感激的是高台长理解自己，士为知己者死，今后一定好好工作，不辜负领导和组织对自己的信任。

调　动

进入 21 世纪，萧锋在新闻部主任的位子上干得顺风顺水，得心应手。萧锋三十五岁就当上了正处级干部，在省级机关也不多见。领导信任，属下支持，加上业务熟练，改革业绩突出，各方面都好得不能再好了。萧锋感觉这是他参加工作以来最舒心的日子。

可谁又能想到，在萧锋踌躇满志、挽起袖子准备大干一场的时候，命运又发生了意想不到的转折，广播电视厅要调他去厅办公室任主任。

原来，厅办公室老主任到退休年龄了，人事处提了几个新主任人选，孙伯宁厅长都没通过。孙厅长提出要选拔一个本科以上学历，年龄四十岁以下，活动能力强，熟悉广电业务的干部当办公室主任。人事处按照这个条件，把全厅副处级以上干部的档案翻了一遍，发现只有萧锋一个人符合条件。潘处长把萧锋的情况向孙厅长一汇报，孙厅长马上表示同意，并让尽快到位。潘处长知道，萧锋是高副厅长（台长）的得力干将，便先去找高副厅长征求意见，他把前后情况向高台长一汇报，高台长心里就是一百个不愿意，也只能表态按孙厅长的意见办。

一天下午，潘处长把萧锋叫到广播电视厅人事处谈话，告诉准备调他到厅办公室任主任。萧锋做梦也没想到组织会做出这个决定，他对厅办公室的工作职责一无所知，所以态度诚恳地对潘处长道："我非常感谢组织对我的信任，但我对目前的工作很满意，不想离开广播电台，因为我参加工作后，一直没有离开过电台。"

"这是理由吗？"潘处长态度温和地说道。

听潘处长说这不是理由，萧锋急中生智道："我有三条理由：第一，自己从未干过办公室工作，更别说主任了；第二，自工作一来，我一直从事记者、编辑方面的业务工作，厅办公室主任需要很强的协调能力，自己在这方面是弱项；第三，自己写新闻稿出身，与给领导写讲话稿不是一套路子。总的是担心才力不能胜任。"萧锋说完后认为自己讲得条理分明，很有说服力。

潘处长听完萧锋的三条，呵呵一笑道："萧锋同志，你这三条，我看就是一条，就是你没干过办公室工作。那谁生来什么都干过呀？我以前在信访局做信访工作，组织部一个调令，我不就来咱们厅做人事工作了吗？不会学嘛，你说是不是？"潘处长停了一会儿继续说道："再说，你比我年轻十几岁，年纪轻，学历高，适应能力强，而且还援过藏。我看，经过锻炼，你很快就会成为一个出色的办公室主任。"

潘处长几句话就把萧锋说得无言以对，他只能服从。半个月后，他恋恋不舍地离开了新闻部，来到新的任上。

派　车

来到办公室主任这个位子上，萧锋感到对什么都不熟悉，特别是对周围的人不熟悉。周围每个人是什么脾气性格，他毫不了解。他仿佛进入了一个陌生世界，干什么都觉得力不从心，非常吃力。萧锋一参加工作就在省广播电台工作，虽说电台和广播电视厅是一家人，可自己过去的业务接触范围大都不用直接与厅里打交道，除高副厅长因兼任台长和自己熟悉外，其他七位正副厅长，他几乎可以说是不认识，只是开全厅大会时，在主席台上见过。萧锋面对这么多领导，连怎么服务都不知道，因为自己是主任，又不好意思事事向属下请教，只能在干中学，边干边学。

一个星期二的上午，萧锋在办公室聚精会神地批阅文件。来这么多中央、国务院、省委、省政府的文件，萧锋连怎么批都不会，只能找到老主任已经批过的文件，照葫芦画瓢。所谓批阅文件，就是在文件处理单上写明该文件的处理流程。这是一项非常辛苦的活儿。批文件，首先要大体浏览一遍所批文件，重要的还要仔细阅读，吃透文件精神后才能批，否则就会出问题。萧锋看文件看得头昏脑涨，眼眶发痛。由于怕文件批错出问题，所以下笔时，萧锋也觉犹犹豫豫、颤颤巍巍。他拿过一份文件，刚写上“各厅长阅　财务处办”几个字，这时电话响了，电话接通后，原来是邵副厅长要车去侨务办公室。萧锋忙拨通车管科电话，让科里安排一辆车在楼下等候邵副厅长。

安排好车辆后，萧锋继续埋头批文件。

不一会儿，电话又响了起来，萧锋拿起听筒一听，是邵副厅长不满的声音："萧主任，我要的车你怎么没有安排？"

"我安排了，邵厅长。"

"你安排了哪辆车？司机是谁？"见萧锋回答不上来，邵副厅长继续道："我看你根本就没安排，你给孙厅长也这样派车吗？也不知道是哪辆车，司机是谁吗？"邵副厅长的声音不怒而威，说完后"砰"的一声把电话挂断了。

萧锋听邵副厅长这样说，吓得扔下文件，飞也似的向楼下跑去。

送走邵副厅长，萧锋在车管科发了一通脾气，问刚才谁接的电话，大家面面相觑，谁也不知道。

点 睛

邵副厅长要到国家广播电视部开会，会上他有个代表厅里的发言。由于是大材料，事关厅里荣誉，所以萧锋亲自执笔。因为办公室白天人多事杂，根本没法写，所以萧锋只能夜里加班，由于情况不熟，连续熬了七个晚上才把材料写好。初稿形成后，萧锋一刻不停地将材料交给邵副厅长。因为邵副厅长要亲自在大会上发言，所以他把这个材料看得非常重，对文件的修改也非常仔细。除几处小的修改补充外，邵副厅长还在材料关键的地方加了一段文字，他认为这是自己修改得最得意的地方，是点睛之笔。

按照惯例，凡代表厅里出去的重要文件，打印前必须要经孙厅长过目。所以，邵副厅长将材料修改完交给了萧锋。萧锋又在定稿前把文件送给了孙厅长审阅。

孙厅长把材料看了一遍，认为写得很好，却把邵副厅长加的那段话全部用红笔划掉了，一字没留。当邵副厅长拿到正式打印成稿的材料时，自己的点睛之笔已经杳无踪影了。

这几天熬夜实在太累了。当萧锋正趴在办公桌上打盹时，忽见邵副厅长推门进来，他连忙站起身来，问邵副厅长有什么事。

邵副厅长把典型发言材料往桌子上一扔，拍着桌子道："萧主任，你真了不起，你写的稿子我不能修改了是吧？我修改后，你又改回去了！以后你写的东西，不用送我了，直接定稿就行了。"说完后气呼呼地转身走了。

萧锋从来没见过邵副厅长发这么大的脾气，也十分清楚他发脾气的原因，但又不能说不是自己改的，只能呆呆地站在桌前发愣。

这两天萧锋嗓子痛，杯子里泡着苦丁茶，他端起杯来喝了一口，不知怎的，一点苦味也没有。

事 故

徐副厅长到滨海市出差没带秘书，只有司机小王一个人给他开车。省城离滨海市四个多小时的路程，由于第二天厅里有会，徐副厅长草草地吃了晚饭便连夜往省城赶。徐副厅长人挺好，缺点就是太严肃，平日不苟言笑，所以司机一般不敢跟他说话。

滨海市到省城是一级公路，路两边是齐刷刷的白杨树，又高又密，白色树干被车灯一照，宛如两面银色城墙，非常壮观。车开了两个多小时，徐副厅长让小王把车停靠到路边，他要下来方便。事情太巧了，正当徐副厅长在树后快尿完时，忽然来了一阵强风，哐的一声把轿车的车门关上了。小王听到车门一响，以为徐副厅长上车了。他油门一点，银灰色的轿车绝尘而去。直到车子到了徐副厅长楼下、小王打开车后门时，才发现厅长不在车上。小王顿时吓得魂飞魄散，急忙调转车头向回跑去。

徐副厅长见小王开车跑了，忙提上裤子从树后出来。可此时天已黑透，喊小王也听不见，招手更看不见，急得徐副厅长直跺脚。幸亏他兜里装着手机，忙给当地县广播电视局赵局长打电话。赵局长带着司机在路边找到了徐副厅长，并直接把他送回了家。

事故发生后，有人说萧锋人才难得，有人说他都能把厅长扔在路上，还有什么做不出来的。

请　客

这几天，萧锋心情一直不好，工作累不说，还出力不讨好，而且烦心的事一件接一件。看到老干部为报销医药费一趟一趟地跑，他没等专项经费下来，就把老干部的医疗费单子报了，结果有人说他越权收买人心；因传阅文件，有的领导找他谈话，嫌没按位次顺序传；前几天会议安排房间有人说他是看客下菜碟；这不，司机又把徐副厅长扔在路上……想到这些，萧锋有时真想不干算了，还不如和舒华一块做买卖。那个累和这个累不一样，现在是心累。同时萧锋还担心，这样下去，自己会不会也和程望一样抑郁了？

星期二上午，萧锋刚进办公室，便接到孙厅长让他过去的电话。到了厅长办公室，孙厅长示意他坐下后，和蔼地说道："今天晚上我想在彩屏酒店请冯副省长、工商局申局长、建委逄主任、财政厅毕厅长等几位领导吃顿饭。我们几个是党校十七期同学，好长时间没见面了，想在一块聚一聚，交流交流感情。我考虑，咱们自己有酒店，肥水不流外人田，就在自己家吃吧。"说到这里，孙厅长加重了一下语气道："这么多领导在我们这里吃饭，一定要安排好，尽量不要声张。"

萧锋知道"安排好"和"不要声张"的意思，心想，领导说话就是有水平，保密叫不要声张。

萧锋见厅长交代完任务，忙站起身道："厅长，您放心，我一定安排好，我现在就去办。"说完就退了出来。

萧锋接到任务后，不敢怠慢。他来到广电大厦彩屏酒店，先找到餐饮总监，拿到菜单后便让厅长阅定，之后便督促酒店抓紧准备材料；然后让酒店侯经理把三楼两个包间留下，不要对外订了。同时还要求侯经理叮嘱一下值班经理和服务员，晚上领导吃饭的事要对外保密。

到了晚上，萧锋提前在酒店门口迎接，一切都安排得顺顺当当、有条不紊。领导们在三楼包间用餐，孙厅长主陪，邵副厅长做副陪；萧锋和秘书、司机们在一起用餐。这顿饭吃得很好，服务也很到位，萧锋喝了不少酒，说了不少普通话，脸上也红扑扑的。

第二天一早，孙厅长让秘书把萧锋叫过去。萧锋以为厅长要对他进行专题表扬，放下手里的活儿就过去了。谁知孙厅长今天的态度与昨天大相径庭，萧锋一进门，他便把脸拉了下来，孙厅长的脸本来就长，拉下来后很不好看。

萧锋心想，是哪儿出了问题，服务？菜品？正当他胡乱猜测时，孙厅长发话了：“萧主任，选你来领导身边，是领导信任你。关于领导的一些事，该说的说，不该说的不能说。昨天晚上我请领导吃饭，特别告诉你不要声张，结果今天早上我就接到揭发电话了，这种事情在过去是从未有过的。我要是事前不说不要声张，你是不是要在电台上广播一下呀。”孙厅长说话声音不大，萧锋却感觉有千钧之力。

萧锋没想到厅长把话说得这么难听，更没想到吃饭的事传出去的速度如此之快。他一点心理准备也没有，忙问：“怎么？怎么昨晚吃饭的事有人知道了吗？我专门做了安排呀！”

听萧锋这样说，孙厅长忽然改变了口气道：“哦，你安排了呀？我知道了，你回去吧。”萧锋可以看出，厅长明显是在敷衍自己。

萧锋懵懵懂懂地从孙厅长办公室走了出来。他从话里可以听出来，孙厅长认定宴请这事是萧锋有意泄露出去的。

萧锋非常苦闷，他跑到高台长办公室去诉苦。没想到高台长已经从厅老干部处那里找到了答案。他把事情的来龙去脉一五一十地告诉了萧锋。

原来，宴请那天晚上，广电厅有个厅级退休老干部，正好在彩屏酒店请老家来的人吃饭，冯副省长下车时正好被他看见了。这个老干部曾经因为安排孩子工作的事与孙厅长闹翻了，所以他当天晚上便给孙厅长家打了电话，让孙厅长好好干工作，不要整天想着宴请省长，想着怎么样向上爬，也应该适当给老百姓干点事情……气得孙厅长七窍生烟。

回 望

星期天下午，萧锋来到办公室。他感觉自己承受压力的能力已经到了极限。

近来工作的不顺、业务的不熟、身体的疲惫、领导的不信任，等等这一切，让萧锋两天两夜不曾合眼。他脑海中始终萦绕着一句话——“走了算了”。眼前的种种烦心事和未来自由工作、生活的诱惑，令他无法自拔。萧锋拿起了桌上的签字笔，他要写辞职报告。

当写下第一行字的时候，萧锋突然感到一阵战栗，心中生出莫大的恐惧。他意识到，交上这封信后，自己将一无所有。对长期靠笔杆子吃饭的萧锋来讲，没想到一封简短的辞职报告，竟让他写了两个多小时。

辞职报告

尊敬的领导并人事处：

我经过认真思考，正式向组织提出辞职这个请求。辞职的主要原因是身体有病，自己所患心脏病和先天性高血压十多年来一直没有注意治疗，今年症状明显加剧，体质下降，越发感觉难以承担和完成正常工作。医生多次建议转换工作方式。为了不给组织添麻烦，经过反复再三的考虑，我还是选择了辞职，一来身心可以彻底放松休养，二来可以做些自己喜欢的小生意。

关于我现有住房的去留，我完全遵守厅机关的规章制度，随时等候通知。关于组织关系，在我确定新的街道办事处后再转，其间我将按时交纳党费。离开时又添了这么多麻烦，深感内疚。在职期间，由于自己的能力不够，做得不妥和错误的地方，请批评、谅解。

此致

敬礼

萧锋

2001 年 12 月 9 日

萧锋百感交集，他努力抑制住自己的情绪，拿着写好的辞职报告走出了办公大楼。

回到家里，舒华已包好他最爱吃的韭菜肉水饺等着他了。两人吃完晚饭，萧锋把这些日子遇到的事和内心的斗争都告诉了她，之后又把写好的辞职报告给了妻子。

萧锋在单位不顺的事，舒华都知道，萧锋近来情绪不佳，她也很清楚，但没想到他竟做出这么大一个决定，舒华没有丝毫的思想准备。所以看完辞职报告后，她哭了，而且无论萧锋怎么劝，也停不下来，最后萧锋也哭了，两个人哭成一团。

哭了一会，萧锋停下来劝舒华道："别哭了。我知道，这个决定对你对我对咱家都是天大的事，没了公职，没了权利带来的社会地位，也没了医疗保障，咱们现在住的房子，也要交出来。家庭的生活来源就算是一下子全断了。"

舒华这时已经不哭了，但眼睛红肿，气仍没喘匀，哽咽道："我哭的不是这个，就现在我做买卖的情况，咱俩吃饭也没有问题，房子没有，我们可以租，也可以和父母一块住。我哭的是你和我不一样，我本来就是一个兵，一个军人出身的服务员，也做不了什么大事；可你是一名大学生，能力又强，经历也多，和我一块做个小买卖，往小里说是屈才，往大里说是辜负了组织对你的培养。”

听完舒华这番话，萧锋知道自己想的和她想的不一样，心想舒华真是个好妻子，处处为自己着想。他深情地看了一眼舒华说道：“可我当办公室主任以来，处处不顺心，业务也不熟，干得真窝囊。”

舒华拿湿毛巾擦了擦眼睛说道：“你遭受这点挫折算什么？再说不经磨炼怎么能成才呢？就像我办歌厅、做买卖不也是吃尽苦头吗？你那些难也就是业务不熟，受点委屈，还没到山穷水尽的地步。你别的决定我都支持，唯独这个决定我不赞同，我想，你的辞职报告起码应该晚交半个月，留段时间再慎重考虑考虑。”

舒华可能是哭累了，她吃过晚饭早早地上床睡觉了。萧锋一个人坐在沙发上看电视，一直看到屏幕上出现“再见”两个大字，才关上电视。他起身来到北窗前。萧锋住的是省电台宿舍，宿舍的北窗正对着新建成的广电大厦，与大厦隔楼相望。此时，已是凌晨，城市远离了喧嚣，只有闪烁的霓虹灯与时隐时现的星辰在谈心。好像是起雾了，雾不大，如纱之轻，如烟之淡。抬眼望去，广播电视大楼昂然挺立，广电大厦几个霓虹大字异常醒目，一切都是那么熟悉，一切都是那么亲切。萧锋突然觉得，自己似乎与广电二字不可分割。广电似乎是他的初恋，是刻骨铭心的初恋，是难以割舍的初恋。不管走多远，也难以割舍对她的爱。

萧锋太困了，他离开窗前向卧室走去，走了两步，又情不自禁地回过头来向大厦望去……